化学探偵Mr.キュリー

喜多喜久

中央公論新社

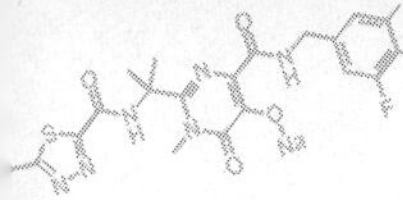

目次

第一話　化学探偵と埋蔵金の暗号　7

第二話　化学探偵と奇跡の治療法　71

第三話　化学探偵と人体発火の秘密　133

第四話　化学探偵と悩める恋人たち　195

第五話　化学探偵と冤罪の顚末　259

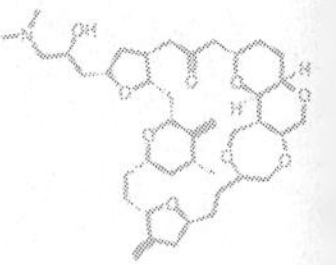

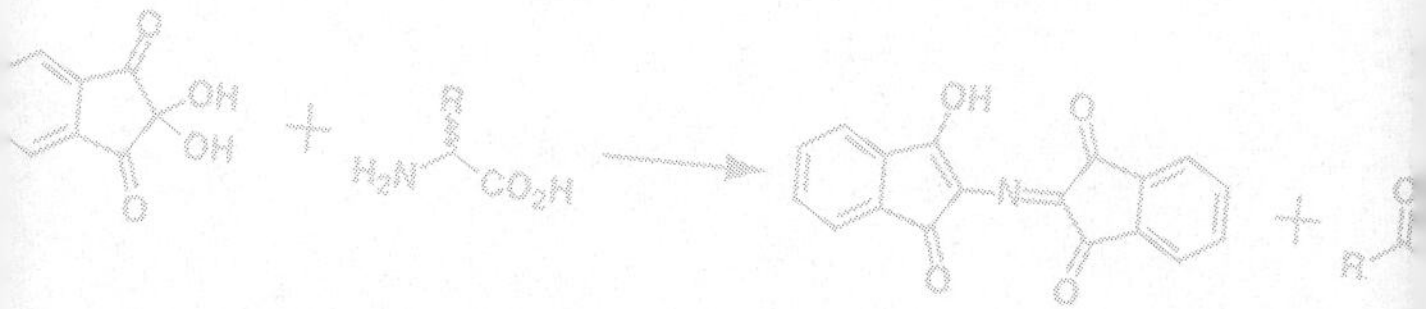

化学探偵Mr.キュリー

第一話

化学探偵と埋蔵金の暗号

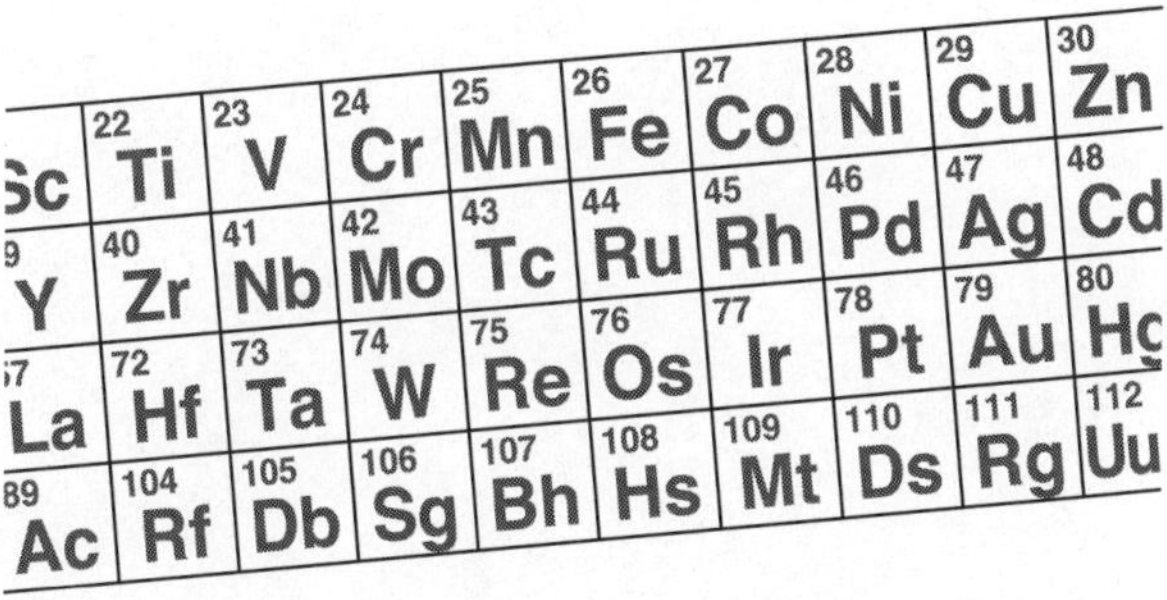

1

結局、無駄な時間を過ごしただけだったな……。

仁川慎司は落胆で染まったため息をついて、実験室をあとにした。

すでに時刻は午前二時過ぎ。大型の冷蔵庫が唸る音が聞こえるばかりで、辺りに人の気配はない。

明かりが半分消された廊下を歩きながら、仁川は現状を振り返っていた。

学会用の発表資料は、先週のうちに完成させていた。ところが、土曜日の午後、最終チェックの段になって、教授がデータの追加をすべきだと言い出した。

あと一枚グラフが加われば、この研究はより完璧なものになる――指導教員にそう言われて断れる学生がいるはずもなく、仁川は寝食を惜しんで追加実験に挑まざるを得なくなった。

一日半を費やしてデータを取得したが、解析処理によって得られるはずの統計的な有意差は出なかった。データ数が不足しているのだ。だが、肝心の学会発表は火曜日に迫っている。結局、追加データを収録することなく、元の資料をそのまま使うことになりそうだった。

俺は最初から間に合わないと思ってたんだ。結果が出なくて当然だよ。全く、ウチの教授は完璧主義者だから……。

愚痴をこぼしながら研究棟を出たところで、仁川は思わず足を止めた。

歩道に沿って並ぶサクラの木々。その枝先を飾る艶やかな花弁が、街灯の青白い光に照らされ、幻想的な景色を作り出していた。

素通りして帰宅するには惜しい。深夜の花見も悪くないと思い、仁川は近くにあったベンチに腰を下ろそうとした。

……ん？

微かな物音を耳にして、仁川は動きを止めた。歩道を挟んだ向かい側、農学部の方から、土を耕すような音が聞こえてくる。

——こんな時間に、農作業……？

強烈な違和感に導かれるように、仁川は音の出どころに近づいていった。歩道を横断し、サクラの樹の陰からそっと様子をうかがうと、農学部の建物の横手、実験用の畑に誰かがいるのがぼんやりと見えた。足元に置いた懐中電灯の明かりを頼りに、スコップで穴を掘っているようだ。

生温い風が、ふうっと仁川の頬を撫でていった。背筋がぞっと寒くなった。

問答無用の真夜中である。どう考えても、畑の手入れとは思えない。気軽に、「よっ、こんな夜中に精が出るねえ」などと江戸っ子っぽく声を掛けられる雰囲気ではなかった。死体を埋めているのか、産業廃棄物を埋めようとしているのか。いずれにせよ、法に触れる行為に手を染めているに違いない。

よし、見なかったことにしよう。

仁川は雇い主の不倫現場を目撃した家政婦のごとき速やかさで決意を固め、その場を離れようとした。

その時。枝先を離れたサクラの花びらが、無邪気ないたずらっ子のように仁川の鼻の穴をくすぐった。

「――ぶえっくしょいっ！」

しまった俺はコント芸人かと慌てながら振り返ると、穴を掘っていた人物は手を止めて仁川の方を凝視していた。

驚いているのか、対処法を練っているのか、スコップを握り締めたまま、彫像のように固まっている。闇の中なので顔は見えないが、逆にそれが恐怖心を煽り立てる。

殺される。

仁川は何の脈略もなく、しかし自分なりの直感をもって確信した。「おわーっ！」と叫んで、仁川は全速力でその場から逃げ出した。

がむしゃらに歩道を駆けていると、数十メートル先に白い光が見えた。人の腰の高さ辺りで、ゆらゆらと、左右に揺れている。

「ひーっ！」

人魂だーっ！　と叫ぼうとしたが声にならない。オカルトサークルで名誉部長を務める仁川は、霊魂の存在を心の底から信じていた。途端に膝ががくがくと震え始め、未完成のまま起動実験に挑んだ自立歩行型ロボットのように、ぐにゃりと歩道にくずおれた。

必死で立ち上がろうともがくが、体が言うことを聞かない。脂汗と涙と鼻水とよだれで、顔はぐしゃぐしゃになっていた。

自らのあまりの不甲斐なさに、仁川はもはやこれまでと歩道に突っ伏した。思えば短い人生だった。このまま彼女も作らずに死んでいくのか。勉強とオカルトと実験漬けの大学生活。こんな惨めな死に方をするなら、恋愛に費やしておけば……。などと滂沱の涙に暮れていると、「おたく、何やってんの？」と呑気な声が降ってきた。「へ？」と顔を上げると、濃紺の制服に身を包んだ中年の警備員が、怪訝そうに懐中電灯で仁川を照らしていた。

「酔っ払ってんの？　多いんだよね、この季節。追いコンだの新入生歓迎だの。こんなところで寝られたら困るんですわ」

「ち、違うんです」顔を拭って、仁川は路上に座り直した。「妙なヤツが、農学部の敷地で穴を掘ってたんです。ついさっき」

「なぬ。そいつは怪しいな。よし兄ちゃん。案内してくれ」

「ふえっ？」と仁川は世にも情けない声を出した。「一人で行ってくださいよぉ」

「現場を探してるうちに犯人が逃げちまうだろう。男なんだからシャキッとしろって」

警備員によって強引に立たされ、仁川はこわごわ歩き出した。

「どっちだ、兄ちゃん」

「だから、農学部の方ですって。畑ですよ、畑」

「おい兄ちゃん、服の裾を摑むんじゃないよ。歩きにくくってしょうがねえ」

「だって、怖いじゃないですか」

「ああもう、めんどくせえな。ほれ、腕を貸してやるから」

「どうも、ご迷惑をお掛けします……」

結局、仁川と警備員は腕を組んで並んで歩くことになった。他人に見られたら絶対に勘違いされる状況だが、幸い誰ともすれ違うことなく現場にたどり着くことができた。

月のない夜である。建物の脇にあるだだっぴろい空間は、そのほとんどが闇に覆われていた。

しがみついていた仁川を引き剝がし、警備員は懐中電灯で辺りを照らした。

「誰もいねえな。夢でも見たんじゃないのか」

「そんなことないですって。ほら、もっとちゃんと見てくださいよ。土が盛ってあるじゃないですか」

仁川が指差す先にはこんもりと小さな山が見えていた。そのすぐ横の地面に、ぽっかりと穴が空いている。

「なるほど、確かに掘られてるな」

警備員はゆっくりと穴に近づき、中を懐中電灯で照らした。

「……ん？　何かあるぞ」

深さ二〇センチほどの穴の中に、手のひらサイズのメモ用紙が落ちていた。摘み上げ、懐中電灯の光にかざす。仁川は肩越しに覗き込み、「……これは」と息を呑んだ。

〈埋蔵金の在り処　正門＝109、ホームベース＝22〉

メモには、手書きの文字でそう書かれていた。

「おい兄ちゃん」帽子を脱いで、警備員は頭を掻いた。「これ、暗号じゃねえのか」

2

マンションのエントランスを出たところで、七瀬舞衣(ななせまい)は大きく伸びをした。胸を反(そ)らし、朝の太陽の光を浴びる。体が温まるにつれて、エネルギーが全身に満ちていくようだった。

社会人二週目の、月曜日の朝である。

先週は研修ばかりでひどく退屈だったが、今週からは現場で働くことになる。いよいよ社会人としての第一歩を踏み出すわけだ。舞衣は「よおっし」と声を出し、意気揚々(ようよう)と歩き出した。

自宅から職場である四宮(しのみや)大学までは、徒歩十分の距離だ。

リズムを刻(きざ)む包丁(ほうちょう)の音、パタパタと無邪気に駆けまわる子供の足音、今日の晴天を誇(ほこ)らしげに保証するテレビの気象予報士の声……周りの家々からは、一日の始まりを告げる、心地好い生活音が聞こえてくる。

四宮市に引っ越してきてから、まだ三週間。新鮮味のある風景を楽しんでいるうちに、いつの間にか大学に到着していた。羽化(うか)したての蝶(ちょう)になったような清々(すがすが)しい気分で、舞衣はふわりと大学の正門をくぐった。

正門前の広場から、キャンパスの中央に建つ講堂に向かって、まっすぐ歩道が伸びている。互いに手を繋ぐように枝を伸ばしたサクラ並木、バッキンガム宮殿を模して造られた講堂、バックに広がる薄水色の空。なかなか絵になる景色だ。

石畳を軽い足取りで進み、講堂の前で右に曲がる。数十メートルばかり道なりに歩くと、クリーム色をした三階建ての建物が見えてくる。

舞衣は短い階段を駆け上がり、玄関の自動ドアを抜け、すみれ色のカーペットが敷かれたロビーの隅にあるドアの前に立った。ここが、庶務課の居室である。

「おはようございまーす！」

ドアを開けると同時に挨拶をしたものの、室内に人影はない。舞衣は肩透かしを食らった気分で、「誰もいないじゃん」と呟いた。

時計を見ると、まだ始業開始三十分前だ。舞衣は自分の席に腰を下ろし、復習のために、仕事内容をまとめた資料を本立てから引っ張り出した。

庶務課の業務は、一言で言えば「何でも屋」である。

教務課は入試と履修、財務課は会計と予算、図書・情報課は図書資料管理とインターネット——と、他の部署は名称から業務内容がすんなり理解できるのに、庶務課はこれといった「売り」がない。要は、他部署がやらない仕事は、すべて庶務課が担当することになっているのだ。

主な仕事は、機器の貸し出しや施設使用届けの対応、学内規則を含む様々なルールの制定および改正、外来者受付、学内で発生したトラブル対応などであるが、依頼があれば、特殊な役割を引き受けることもある。進路相談、折り合いの悪い指導教員との関係改善、時には恋愛問題の解決なんかが持ち込まれることもあるらしい。

舞衣は資料のファイルをぱたんと閉じ、精神統一するように目を閉じた。

社会人になるに当たり、舞衣は一つの決心をしていた。

——堂々と、自分の仕事に誇りを持って働く。

庶務課が、花形と呼ばれる部署ではないことは分かっている。だが、地味な縁の下の力持ちのような仕事であっても、自分の努力は、学生の明るいキャンパス・ライフに直結している。やりがいはきっとあるはずなのだ。

受け身ではダメだ。自分で積極的に仕事を探し、働くことそのものを楽しくしよう！

舞衣が、それこそ学生のような青臭い気合いの入れ方をしたその時、庶務課の入口のドアが開き、四十絡みの痩せた男が部屋に入ってきた。

オシャレ要素を一切含まない、頑強さのみを追求した黒縁メガネ。外に出たことがないのでは、と疑ってしまうような白い肌。剃り跡が生々しい青ひげ。寂しくなった頭部は、整髪料を駆使して固められた髪で巧妙に覆い隠されている。彼の名前は猫柳という。冴えない政治家のような容貌をしているが、猫柳は庶務課を統括する課長の職にある。

舞衣はぱっと立ち上がり、「おはようございます！」と元気に挨拶をした。

猫柳は「ああ、おはようございます」と弱々しい声で丁寧に頭を下げると、肩を落とし、ため息をつきながら自分の席に向かおうとする。先週はあれこれと——細かすぎるんですけど、と突っ込みたくなるほど——大学事務員としての心構えを伝授してくれたのに、今朝は全身から疲労感が滲み出ている。

「どうしたんですか。朝から疲れていらっしゃるようですけど」

舞衣が声を掛けると、猫柳はハンカチで額の汗を拭って、「穴を埋めてきたんです」と答えた。

「穴って……」

「地面が掘り返されていたんですよ」

「あれ、先週も似たようなことがありませんでしたっけ」

「ええ。これで四件目です。前回はグラウンドのど真ん中、今回は大学病院近くの花壇。無許可で穴を掘ったあげく、埋めずに放置していく。ひどい話です」

「本当ですねえ」と舞衣は同情を込めた相づちを打った。

最近、何者かがキャンパスのあちこちで穴を掘るという事件が起きていた。放置すれば景観が悪化するので、誰かが穴を埋めなければならない。こういう時に駆り出されるのが庶務課の人間であり、この手の肉体労働は、猫柳を始めとする男性職員が交代で対応していた。

月曜の朝っぱらから一仕事となれば、それは疲れもするだろう。舞衣は「お疲れさまです」と、世にも貧相な肉体の持ち主である上司を労った。

「どうも、これはいけません」

不肖の弟子の作品を叱るお花の先生のような口調で言って、猫柳はメガネをハンカチで拭いた。

「庶務課の今年度の目標を、覚えていますか」

「あ、はい、先週の研修でやりましたよね」舞衣は指を折りながら、一つずつ項目を挙げていく。「相談者への親身な対応、キャンパスの景観の改善、外国人対応のための語学力習得……あともう一つ、えーっと」

「学生のモラル向上対策の実施、です」

「あー。それですそれです」

「目標は掲げただけでは意味がありません。実現してこそ、初めて価値が出るのです。故に、穴掘りなどという狼藉を見過ごすわけにはいきません」

狼藉って、時代劇じゃあるまいし、とツッコミたかったが、「ごもっともです」と舞衣は頷いた。諾々と上司に従うのも部下の職務の一つだ。

「沈静化することを期待していましたが、事件は続いています。このままでは、我々の業務に支障が出かねません。それに、大学の体面というものもあります。昨今はいかなるニュースでもインターネットでどんどん拡散される時代です。『四宮大学で穴掘り事件が起きている』と書かれた時点で、イメージダウンは避けられません。そろそろ抜本的な対策を考える時期に来ているようです」

　ネットの噂を聞きつけて入学志望者が増えるかもしれないぞ、と思ったが、不謹慎なアイディアを提案しない程度の分別はあった。しかつめらしく頷き、「抜本的な対策、と申しますと」と舞衣は話の続きを促した。

「大学内では、教授や准教授の皆さんに、様々な委員をお願いしています。その一つとして、今年度から『モラル向上委員』という役職ができました。今回の事例は、学生のモラル低下の顕著な例だと考えられます。ということで、七瀬さん」

「なんでしょうか」

「新人のあなたに、最初の仕事をお願いしたいと思います。モラル向上委員の先生と相談して、具体的な対応策をまとめた書類を作成、提出してください。必要であれば、事件の調査にも協力してあげてください」

　唐突な任命に舞衣は「ええと」と戸惑いを露にした。だが、不安げな舞衣とは対照的に、猫柳は満足げに頷いている。

「うん、我ながら、いい案だ。調査をすることで、キャンパスを散策する機会も得られるし、先生たちと知り合うきっかけにもなる。新人が受け持つのに最適だ」

猫柳は完全に自分の世界に入っていた。とてもじゃないが断れそうにない。

――いや、怖気づいてどうする。

舞衣はそこで気持ちを切り替えた。やってみる前からあれこれ悩んでも仕方ない。やれと言われたら、あとは全力を尽くして解決に当たるだけだ。

それに――。

舞衣は自分の心の中に、ほのかに熱を帯びた感情が生まれていることに気づいていた。どうしてキャンパスに穴を掘ったりするのか。その理由を突き止めたい。それは、謎を解きたいという、単純かつ純粋な欲求だった。

「分かりました。やらせてもらいます！」舞衣は力強く言い切った。「それで、どなたに会いに行けばよろしいのでしょうか」

猫柳は資料も見ずに、即座に答えた。

「モラル向上委員は、ミスターにお願いしています」

「ミスター……？」

「ええ。理学部化学科の、沖野春彦准教授のことです」

「なんでミスターなんですか？」

舞衣が素朴な疑問を口にすると、猫柳は微笑を浮かべた。

「由来については是非、本人に尋ねてみてください」

3

「えーっと、確かこの辺に……あ、あったあった」

その日の昼休み。沖野に会うため、舞衣は理学部一号館にやってきた。レンガ調の外壁のあちこちに黒っぽい苔がへばりついているのが見える。五十年以上前に建てられたというだけあって、歴史を感じさせる佇まいである。

しかし、その古さゆえ空調設備が整っていないらしく、中に入るとぷうんと異臭が漂ってきた。油性ペンのインクと漢方薬を混ぜ合わせたような臭いがする。舞衣は生粋の文系人間であり、これまでこういった場所に立ち入る機会は一切なかった。劣悪な環境だと噂に聞いていたが、悲しいことにそれは事実だったようだ。

外で会うようにお願いすればよかったと後悔しながら、舞衣は二階に上がった。臭いはさらにその強度を増す。

口元を手で覆いつつ、狭くて薄暗い廊下を奥へ。引き返したい衝動に抗うこと十回あまり。ようやく舞衣はそれらしきドアを発見した。

「ここかあ……」

舞衣はドアプレートに書かれた〈先進化学研究室・教員室〉の文字を確認してから、軽くドアをノックした。

しかし、しばらく待ってもリアクションはない。留守にしているのかとドアノブを摑んでみると、軽い手応えが返ってくる。鍵は開いている。

「……お邪魔しまーす」

小声で呼び掛けて、舞衣はドアを開けた。室内の明かりは消えている。やはり留守らしい。

東向きの窓はキャンパスの外の大通りに面しており、ブラインドの隙間から薄明かりが差し込んでいる。事務机に本棚に来客用のソファー。インテリアはシンプルだが、あちこちに紙の束が散乱しているため、整理整頓されているとは言いがたい。ただ、想像していたほど「化学」っぽくはなかった。普通に汚い事務室である。

ミスターなる人物に会えるのを楽しみにしていたのだが、留守ではどうしようもない。出直そうと踵を返しかけた時、「……誰かいるのか」とくぐもった声が聞こえてきた。

どきん、と心臓が震えた。

「え、あの」と戸惑っていると、「明かりをつけてくれ」と命令が飛んできた。

言われるがままにドアの脇のスイッチを押すと、白衣を着た男が、ソファーの背もたれの向こうから体を起こした。

岩を削って作ったような角張った鼻梁(びりょう)に、シャープな顎(あご)の輪郭(りんかく)。髪は短く、額が露になっている。年齢は三十代半ばか。

妙に顔の彫りが深いその男は、顎の無精髭(ぶしょうひげ)をざりざりと撫でて、薄い眉(まゆ)の下の、鳶(とび)色(いろ)の瞳(ひとみ)で舞衣をぎろりと睨(にら)んだ。

「なんだ、君は」

「あの、私、庶務課の七瀬と申します。沖野春彦先生でいらっしゃいますか」

「ああ、そうだが……ふわーあ」

返事の途中で大あくびをして、沖野はのそりと立ち上がった。舞衣は目を瞠(みは)った。かなり背が高い。一八五センチはあるだろうか。ほっそりとした体躯(たいく)は電信柱を連想させた。

「昼寝中だったんだがね」

「すみません。お休み中に」

「せめて、電話ぐらいしてくれないとな」

「失礼しました。まだ、不慣れなもので……」

「新人さんか」沖野はしかめっ面(つら)で首筋を掻いた。「経験の浅さを言い訳にするのは止(や)めた方がいいな。余計にアホっぽく見える」

舞衣は内心ムッとした。確かに寝ているところを邪魔したのは悪かったが、そんな言い方をしなくてもいいではないか。というか、「余計に」は余計である。

舞衣は膨らみかけた怒気をなんとか抑え、「申し訳ありませんでした」と頭を下げた。

「まあいい。次からは気をつけてくれ。それで、庶務課の人間が俺に何の用なんだ」

「あ、はい。沖野先生はモラル向上委員だとお聞きしましたので」

「なんだそれは。俺は引き受けた覚えはないが」

「でも、課長がミスターにお願いしたと……」

舞衣がそう言うと、沖野は苦いものでも飲み込んだように顔をしかめた。

「その呼び方をするってことは……。そうか、君の上司は猫柳だな。まったく、あのオッサンは、余計なことをぺらぺらと」

沖野は苛立たしげに毒づいた。どうやら何か事情があるらしい。面白そうな匂いを嗅ぎ付け、舞衣はすかさず、「余計なことというのは、どういう意味でしょうか」と質問をぶつけた。

「七瀬くん、だったたな。君は、猫柳課長の趣味を知ってるか」

「いえ、まだ職員になったばかりですので」

「なら、覚えておくといい。あのオッサンの趣味は、ウィキペディアの記事作成だ。四宮大学に所属してる教職員の記事を作っては、ネットにアップロードしている」

「はあ……変わった趣味ですね。でも、皆さんに名前を知ってもらう意味ではいいんじゃないでしょうか。広報的な意味で」

沖野は顔にまとわり付いた虫を払うように首を振って、ソファーに腰を下ろした。

「わざわざネットで喧伝しなくても、実績があれば化学界で自然に名前が売れていく。だから『余計なこと』なんだ。しかも、記事の内容が異様に細かいと来てる。俺の先祖のことなんて、一体どこで調べたのか……」

「先祖って、何のことですか?」

好奇心に誘われ、舞衣は沖野の向かいに勝手に座った。

「知らない相手にわざわざ教えるほどのものじゃない」

「そう言われると、ますます気になります」

舞衣がぐっと身を乗り出すと、沖野はその分だけ体を引いた。

「どうも君は、人並み以上に好奇心が強いようだな」

「よく言われます」と舞衣は微笑んだ。「好奇心が旺盛なのはいいことだ、と小学校の先生に褒められました。ですから、私は自分の知識欲を抑制しないことを心掛けて生きてきました」

「それはそれは。立派に成長して何よりだ」

沖野は顔を背けて適当な相づちを打つ。だが、走り始めた舞衣の好奇心は、そっけない態度くらいでは止まらない。

「ここで教えていただけなくても、あとで猫柳さんに訊けます。隠す意味はないと思いますが」

「……それはそうだが」

「先祖のことを記事に書かれた、とおっしゃっていましたね。もしかして、著名な方がご先祖にいらっしゃるんですか」

「……キュリーだ」

「はい？」舞衣は耳に手を当てた。「きゅうりがなんですって？」

「きゅうりじゃない。キュリーと言ったんだ」

「……キュリーって、あのキュリー夫人の『キュリー』ですか？　あ、そうか。だから『ミスター』なんですね。『ミセス』と対になるって意味で。すごいじゃないですか、キュリー夫人と血が繋がってるなんて！」

「いや、繋がってない」

「え、でも、先祖にキュリー夫人がいらっしゃると」

「そんなことは言っていない。確かに、俺の母方の祖父はフランス人で、苗字はキュリーだ。だが、マリー・キュリーの血脈に属するわけじゃないし、彼女の夫のピエール・キュリーとも関係ない。苗字がキュリーだった、というだけだ。それなのに、猫柳のオッサンが作った記事のせいで、Mr．キュリーなんてあだ名が有名になってしまった。初対面の人間に、『すごいエリートなんですね、いつノーベル賞を取るんですか』なんて言われる身にもなってくれ」

「はあ……それは大変ですね」

苦しみの度合いは理解できなかったが、「Mr．キュリー」と呼ばれる理由が分かったので、舞衣は追及の手を緩めることにした。あまりしつこく詮索して、へそを曲げられて追い出されては困る。

「ご先祖さまのことは措いといてですね、沖野先生に折り入ってお願いしたいことがあるのですが」

「モラル向上委員がどうとか言ってたな。……一応、聞くだけ聞こうか」

はい、と頷き、舞衣は居住まいを正した。ここからが自分の仕事である。

キャンパスで穴掘り事件が起きていること、それは学生のモラル低下の一例であること、穴掘りを止めさせるために対策を取る必要があること。舞衣はそれらについて、なるべく丁寧かつ詳細に説明した。

「――ということで、ご協力をお願いしたいのですが」

「協力、と言われてもな」沖野は心底億劫そうに首筋を揉む。「具体的には何をすればいいんだ」

「そうですね。事件の発生状況を把握していただき、再発防止に向けた対策をご提案いただければと、そう考えていますが」

我ながら役人じみた回答だな、と感心しつつ目を上げると、沖野はつまらなそうに前髪をいじっていた。

「新人の君に言うのは筋違いかもしれないが、正直、面倒くさい。我々化学者の本分は、言うまでもなく研究活動にある。穴が空いていたって、多少見た目が悪くなるくらいのものだ。放っておいても問題ないだろう」

予想以上に非協力的な態度に挫けそうになる。だが、いったん引き受けた業務を簡単に投げ出すつもりはなかった。

「放置はできません」毅然とした口調で舞衣は断言した。「農学部のある研究室では、管理している畑が荒らされたそうです。具体的な被害が出ている以上、早急な対策が必要なんです」

沖野は髪を触っていた手を止め、鋭い視線を舞衣に向けた。

「……どこの研究室だ」

よし食いついてきたぞ、と手応えを感じつつ、舞衣はメモを取り出した。

「ええと。農学部応用生命化学科の〈天然物合成研究室〉ですね」

「浦賀先生のところか……」

「ご存じなんですか」

「浦賀先生はキャリアが長いし、そもそもこの世界は狭いからな。この大学で化学に携わる人間なら、誰でも名前を知っている」

沖野はそう言って自分の机に向かい、白いプッシュホンの受話器を手に取った。

「どうされましたか」

「アポを取るんだ。浦賀先生は最近、非常に価値のある研究をされているからな。被害状況が知りたい。在室ならこれから伺うつもりだが……君はどうする？」

答えは分かりきっていた。舞衣は勢いを付けて立ち上がった。

「もちろんご一緒させてもらいます。これは、私の初めての仕事なんです！」

4

幸い、浦賀は在室しているという。さっそく話を訊くべく、舞衣は沖野と共に理学部一号館を出た。

午後一時のキャンパスは、ほどよい陽気に満たされている。時折、慈愛を感じさせる優しい暖かさの風が吹き、サクラの花びらを舞衣の胸元に届けてくれる。

好きな季節の、好きな時間帯。舞衣は浮ついた気持ちで歩きながら、隣の沖野を見上げた。

　――あら、この角度から見ると結構かっこいいかも。

　ぼんやりサクラを見ていた沖野が視線に気づき、「ん？」と舞衣に目を向ける。

「どうかしたか」

「春って、気持ちいいと思いませんか」

「気候的に過ごしやすい、という意見には同意する。ただ、色々と騒がしい季節でもある。研究室に学生が入れば、その教育で時間を取られる。飲み会でハメを外してぶっ倒れるヤツもいる。新しく始まる講義の準備もしなきゃいけない。それに――」

　沖野は肩をすくめてため息をついた。

「こんな風に、なんとか委員を引き受けなきゃならないこともある」

　出た。理系特有の実験至上主義である。舞衣は眉間にしわを寄せ、それとなく抗議の意を表したが、沖野はどこ吹く風で耳をほじっている。

　そうこうするうちに、舞衣たちは農学部本館に到着していた。直線のみで構成された、コンクリート打ちっぱなしの建物は、頑固で無口な職人めいた厳つさでこちらを見下ろしている。

「浦賀先生が教授室でお待ちだ。急ごう」

　二人はエレベーターで三階へ向かう。開いた扉の目の前に教授室があった。

「失礼します」

沖野はノックをしてから声を掛け、丁寧な所作でドアを開けた。

「やあ、沖野先生」

ソファーに掛けていた壮年の男性が立ち上がる。白いものが混じった短髪に、下がり気味の目尻。四宮大学で四半世紀近く研究を続けている、ベテラン教授の浦賀である。

浦賀はおや、というように視線を舞衣に向けた。

「ずいぶん若く見えるが、沖野先生のところの新人さんかね」

「いえ、私は庶務課のものです。穴掘り事件のことでお話を伺いに参りました」

「ああ、そのことか。わざわざ大変だねえ。まあ、立ち話もなんだし、好きなところにお掛けください」

浦賀に促され、舞衣と沖野は黒い合皮のソファーに並んで腰を下ろした。

「話の前に、コーヒーはいかがかな」

「いえ、お構いなく」と沖野は手を振った。しかし、浦賀は「まあまあ」と笑いながら、コーヒーメーカーの前に移動した。

「ここにあるコーヒー豆は、以前にウチの研究室で栽培したものなんだよ。まあ、趣味みたいな研究で、コストの問題で実用化には至らなかったが、これが存外にいい出来栄えでね。素晴らしくうまい一杯を提供することを約束しよう」

「へえ、豆から手作り」舞衣は感嘆の声を上げた。「私、飲んでみたいです」

「うんうん、そう言ってくれるのが一番だ。ちょっと待ってくれるかな」

沖野は渋い顔をしている。目上の人間の手を煩わせることを申し訳なく思っているようだ。だが、舞衣は遠慮するつもりはなかった。この機を逃したら、おそらく二度と飲めないものなのである。

ソファーに掛けて待つことしばし。やがて、コーヒーのかぐわしい香りが漂ってきた。沖野は神妙な表情で馥郁たるアロマを嗅いでいる。なんだかんだ言いながら、それなりに関心はあるらしい。

「よし、いい具合だ」浦賀は納得顔で頷き、二つのカップをテーブルに並べた。「せっかくだから、最初は砂糖を入れずに飲んでごらん」

「はい。ではいただきます」

舞衣は淹れたてほやほやの熱いコーヒーをそっとすすった。苦味と酸味が舌の上を駆け抜けた次の瞬間、爆発的な勢いで様々な香りが鼻腔に満ちた。

目を閉じ、しばらく香りの奔流に身を任せてから、舞衣はため息をついた。とんでもないものを飲んでしまった。

「……本当に美味しいですね」

隣で、沖野がぽつりと呟いた。舞衣も同感だった。これに比べたら、インスタントコーヒーはもちろん、喫茶店のコーヒーですら、ただの苦くて酸っぱい水だ。

「せっかく来てくれたんだ。これくらいのおもてなしはしないとね」

浦賀は心底嬉しそうに言って、自分のカップを手にソファーに座った。

沖野は敬意を示すように、慎重にカップをソーサーに戻して、「それで、先程お電話差し上げた件ですが」と本題を切り出した。

「うん、あれには驚かされたね。朝来たら、畑に穴ぼこが空いてる、なんて学生が騒いでるんだからね。長く大学にいるが、こんな奇妙な出来事は初めてだ」

「被害はどうでしたか？ 実験用の畑がやられたそうですが」

「いや、ちょうど休耕中の畑だったから、その点は問題ない。実験中の植物が刈られたりしたら大ごとだったけどね」

浦賀がそこで舞衣に視線を向けた。

「ちなみに君は、我々の研究内容を知っているのかな」

「いえ、すみません、勉強不足で」

「そうか。なら、宣伝ついでに少し話させてもらおう」

浦賀はコーヒーで喉を潤して、自らの研究について語り始めた。

「研究室の名前から分かるように、研究対象は『天然物』だね。天然物というのは、植物や海産物、細菌などが産生する物質のことを言うんだがね、ウチではそれらの成分の分析と合成をやっている。自分で植物を育て、そこから天然物を採取するんだ」

「へえ、だから、自前の畑をお持ちなんですね」

「そうだね。ただし、育てるのは自然に生えてる植物ではない。人為的に遺伝子改変を加えてある。品種改良と言った方が分かりやすいかな」

「人為的に、ですか」

「うん。パーティクル・ガン法と言ってね、DNAを付着させた金粒子を、植物の細胞に直接打ち込むんだよ。ただ、遺伝子改変の目的は、耐病性や味の改善じゃない。未知の物質を作らせることにある」

「植物は、決まった方法で、生存に必要な物質を作っている」と、横から沖野が補足する。「それをコントロールしている大本は遺伝子だ。つまり、遺伝子を書き換えることで、物質の合成経路を変えてしまうわけだ」

「そう。そうやってできた新しい物質を、分析によって特定する。そして、自分たちで合成するんだ」

「なかなかユニークな研究です」沖野が感心したように頷く。「自分の手で植物を育て、そこから新規物質を見出し、即座に合成に取り掛かる――合理的で、非常に効率のいい方法ですよ」

「なんといっても、研究は競争だからね」

浦賀は誇らしげに言う。

「新しい物質が発見、報告された時点で、世界中の研究室で合成研究がスタートする。それを勝ち抜くのは、そう簡単なことではない。でも、この手法ならば、我々が発表しない限り、その物質が世に出ることはないからね。相手に先を越される恐怖に怯える必要はないわけだ」

「なるほど。最近は、かなり成果が上がっているようですね」

「うん、有能な学生がいてね。郷田というんだが。彼が、神経再生活性のある天然物を産生するカラシナを作成してくれたんだ。再生医療は非常にホットな話題だからね。今、製薬企業と話をしてるところなんだが、うまくいけば、臨床試験まで持っていけるかもしれない」

むずむずと興味を刺激され、「神経再生の効果があると、どういった病気が治せるんでしょうか」と舞衣は尋ねた。

「そうだね。例えば、交通事故で脊髄に損傷を負った人の治療。あるいは脳梗塞の後遺症の軽減。視神経の再生による、視力回復なんかも期待できると思うよ。どれも、今は治療薬がないものばかりだからね。医療に対する貢献はかなり大きいはずだ」

ふと気になり、舞衣は非常に生臭い質問をした。

「あの、つかぬことをお尋ねしますが……もし薬になったら、儲かるんですか」

浦賀はコーヒーを口に運んで、「ふむ」と呟いた。

「うまくいけば、数兆円の利益を生み出す可能性もある」

「えと」舞衣は自分の耳を疑った。「今、『兆』という単位が聞こえたのですが」

「そうおっしゃったんだ」

沖野がまた口を挟んできた。

「売れている薬剤は、年間の売上げが一千億円を超えることもある。いわゆるブロックバスターというやつだ。特許期間が十年残っていれば、累計で一兆円に達する」

舞衣は汗を拭うポーズを取った。

「ス、スケールがおっきいですね……」

「化学者というのは、そういう研究に携わることもあるんだよ」

浦賀はにっこりと笑った。

「さて、仕事の自慢はこのくらいにしておこうか。穴掘り事件のことは、学生の方が詳しいと思うよ。畑に誰かいるだろうから、行ってみるといいんじゃないかな」

浦賀との面会を終え、舞衣と沖野は農学部本館の脇にある実験用の畑に向かった。

「ちなみにここは、最初に穴が発見された場所なんです。夜中に通りかかった学生さんが、今まさに穴を掘っている場面に出くわしたそうですよ」

歩きながら舞衣は説明を加えたが、沖野は「ふーん」とつまらなそうに呟いただけだった。研究に関する話題には反応するが、それ以外には全く興味を示してくれない。これでは、女性を楽しませるのは難しいだろう。きっとこの人はモテないな、と舞衣は非情な判断を下した。

畑が見えたところで、沖野が立ち止まった。

「あそこに誰かいるな。声を掛けてみるか」

沖野は白衣のポケットに手を突っ込んだまま、作業中の男子学生に近づいていった。

「ちょっといいかな」

「はい」と学生が顔を上げた。「何か御用でしょうか」

「君は浦賀先生のところの学生さんかな」

「はい。修士二年の郷田と言います」

へえ、この人が……。

舞衣はさっと郷田の風貌（ふうぼう）を観察した。坊主頭（ぼうずあたま）に、にきびの痕（あと）が残る頬。思春期真っ只中（まっただなか）の男子のような顔をしている。優秀な研究者には見えない、というのが、舞衣の偽（いつわ）らざる感想だった。

郷田は軍手を脱いで、沖野を見上げた。

「あの、沖野先生ですよね。初めまして。先生のご高名はかねがね……」

郷田の台詞を、沖野は「気を使わなくても結構だ」と遮った。「偉大なのは俺の恩師であって、俺自身ではないからな」

「いえ、そんな」と答えたものの、郷田の表情には当惑の色が浮かんでいた。

恩師って、何のことだろう。舞衣は興味を引かれたが、二人はそれ以上、その話題に触れようとはしなかった。

「今日は、穴掘り事件のことで来たんだ」沖野は振り向き、舞衣に向かって手招きをした。「おい君。事情を話してやってくれないか」

どうやら自分で説明する気はないらしい。舞衣は自分が庶務課の人間であることを伝え、事件の調査をしていることを説明した。

「あの件ですか……」と、郷田は表情を曇らせた。「確かにずいぶん迷惑しました」

「畑が掘り返されていたそうだが、どこかな」

「こちらです」

郷田は二人を建物のすぐそばの畑に案内した。広さは一畳ほど。地面に埋められたレンガで区切られているだけの、簡素な作りだ。

沖野はその場にしゃがみ込み、「ここは確か……」と小声で呟いた。

何かに気づいたのだろうか。舞衣は屈んで、沖野の耳元で「どうされました？」と囁いた。すると沖野は、「近いぞおい」と、耳に虫が入ったかのように大げさに身をよじって、すっくと立ち上がった。

「……穴が空いていたという話だが、掘り返された土はどうなったのかな。そのまま埋め戻したのかい」

「一部は戻しました。ただ、雑に掘ったせいか、元通りにするには足りなかったので、他から補いましたが」

「そうか……土の状態が変わってしまったな」

「ええ、でも、次に育てる植物に合わせて、肥料をやったりpHを調整したりしますから、さほど問題視はしていませんが」

「さっき浦賀先生に聞いたんだが、ここではカラシナを育てていたそうだね。どうして、その植物を選んだんだい」

「カラシナっていうのは、アブラナ科の植物で、成長が早くて育てやすいんです。それと、土壌の浄化に使うための研究が行われていて、そちらの遺伝子組み換え研究なども参考になるので、カラシナを選びました。汚染に強くて、地中の物質を吸収する特性があるそうです」

「なるほど。……で、事件のことなんだが。心当たりのようなものはあるかな。どうしてこの場所が狙われたのか」

「もしかして、アレじゃないでしょうか」舞衣は二人の間に割って入った。「その物質は、一兆円以上の利益をもたらす可能性があるんですよね。つまり、畑を荒らしたのは、どこかの製薬会社の人間なんじゃないでしょうか。ライバルの儲けを減らすために、浦賀先生たちが薬を作ろうとしているのを邪魔したんです」

「それはありませんよ」

郷田が苦笑交じりに、やんわりと舞衣の説を否定した。

「活性のある成分の合成法は確立しています。その気になれば、何キログラムでも作れますよ。畑を荒らしたからって、研究が停滞することはないです」

「七瀬くんはなかなか想像力が豊かだな」沖野は真顔で言う。「研究者になった方が良かったんじゃないか」

舞衣は眉根を寄せた。どうも馬鹿にされている気がしてならない。

「あいにくですが、もう庶務課の一員になりましたので」

「それは残念だ。とにかく、狙われた理由に心当たりはないということだね」

「ええ、そうなんですが」

「まだ何か、気になることがあるのかな」

沖野の問い掛けに、郷田は小さく頷いた。

「僕は詳しくは知らないのですが、穴の中にメモが残されていたらしいんです」

新証言である。舞衣はここぞとばかりに、「メモというと？」と質問を挟み込んだ。

郷田は困惑したように短い髪を撫でた。

「何でも、埋蔵金の在り処を示す暗号だとかなんとか」

「埋蔵金？」なんて魅力的な単語だろう。舞衣の鼻息が自然と荒くなる。「そんなものが、この大学のどこかに埋まっているんですか！」

「興味があるのなら、メモを見つけた人を紹介しますよ。仁川ってヤツで、学部は違うけど、僕と同い年なんです。穴を掘っていた現場に遭遇しているので、彼に訊けば状況が分かると思います」

予想もしていなかった展開だが、非常に面白そうな話である。さっそく仁川に会いに行こうとしたところで、沖野が舞衣の肩を叩いた。

「乗り気になってるところ悪いが、俺は実験があるから、ここで失礼する」

「え？　でも、まだ調査は途中なのですが」

「俺は被害状況を見に来ただけだ。暗号か何か知らんが、俺がいなくても情報は集められるだろう。調査が終わったらまた報告に来てくれ。……いや、来なくてもいいか。君一人で対処してくれても構わない。それじゃ」

「え、あの」と戸惑う舞衣をあっさり放置して、沖野は足早に去っていった。

うわー、本当に化学にしか興味がないんだ……。

舞衣は半ば呆れながら、遠ざかっていく沖野の背中を見つめていた。

5

沖野がいなくなってしまったので、舞衣は仕方なく一人で工学部へと向かった。

すでに訪問の意図は先方に伝えてある。工学部一号館の玄関ロビーでしばらく待っているると、角ばった顔をした男子学生が姿を見せた。イマドキの男子にあるまじき眉の濃さに、舞衣はついつい彼の顔を凝視してしまう。ガムテープを貼り付けて思いっきりはがしたら、さぞかし爽快だろう。……いやいや。私は何を考えているのだ。

とんでもない妄想を振り払い、舞衣は笑顔で彼を出迎えた。

「初めまして。庶務課の七瀬と申します。例の穴掘り事件を調べています」

「工学部、修士二年の仁川です」

二人は簡単な自己紹介を済ませ、ロビーの隅にあったベンチに並んで腰掛けた。

「さっそくですが、犯人が穴を掘るシーンを目撃したそうですね」尋ねると、仁川は無言でこくりと一つ頷く。「その時の様子を話していただけますか」

「……あれは、午前二時過ぎのことでした」

仁川はまるで怪談でも披露するように、低い声で当日のことを語り始めた。

実験を終えて帰ろうとしたら、農学部の方から変な音が聞こえてきて、見に行ってみたら何者かが地面を掘っていて、慌てて逃げたら途中で警備員と出会って、二人で現場に戻ってみたら穴だけが残されていた——。

　仁川の語り口は淡々（たんたん）としている割に臨場感があった。昼間だからいいものの、夜中に聞かされたら間違いなく鳥肌ものだっただろう。

「……お話は分かりました。穴を掘っていた人物のことを、もう少し詳しく教えていただけますか」

「暗かったので、正直よく分からないんです。でも、体格の感じでは、男だったような気がします」

「一人だけでしたか？」

「ええ、そうです。もしかしたらその辺に隠れてたかもしれないですけど、少なくとも俺は見てないです」

「犯人は男性で、人数はおそらく一人である、と」舞衣はメモ帳に仁川の証言を書き付けた。「あと、穴の中に暗号が落ちていたそうですが」

「……掲示板で見たんですか」

「掲示板？　いえ、郷田さんに教えていただいたんですけど」

　素直に答えると、「言うな、って頼んでおいたのに……」と仁川は不満そうに首を振った。「分かりました。お話ししますから、こちらへ」

妙に真剣な様子の仁川に連れられ、舞衣は近くの会議室に移動した。部屋に入るなり、仁川は内側からドアに鍵を掛けてしまう。

「俺、ＳＯＳの名誉部長なんです」

仁川は唐突に意味不明なことを口走った。

「ＳＯＳってなんですか」

「四宮・オカルト・サークルの略称です」

「……サークルって、頭文字はＣじゃないですか？」

「カタカナで書けばＳでしょう。だからいいんです。語呂がいい」

そのネーミングはいささか不吉なのでは、と思ったが、舞衣は「なるほど」と相づちを打つに留めておいた。「それで、埋蔵金のことですが」

「ここで見聞きしたことは、他言無用としてください」そう前置きして、彼は一枚のメモ用紙を取り出した。「これが、現場に残されていました」

それを受け取り、舞衣は紙に書かれた文字をそのまま読み上げた。

「埋蔵金の在り処。正門イコール１０９、ホームベースイコール２２。……なんですか、これ」

「見れば分かるでしょう。暗号ですよ、暗号。これを解けば、埋蔵金が埋められている場所が明らかになるんです」

「へえ、で、解けたんですか」

「だいたいは。これはおそらく、座標なんだと思います。『正門』はもちろん、大学の南部にある正門を、『ホームベース』というのはキャンパスの北西にある野球場の本塁を表しているんでしょう。つまり、この二点を直線で結んだどこかに埋蔵金がある。そういう解釈が成り立ちます。数値の意味はまだ分かっていませんが、直線上の土がむき出しになっている場所は限られますから、考えるより掘った方が早い。すでにSOSによる発掘作業が始まっています。早晩、埋蔵金が見つかるでしょう」

「解けてないじゃないですか、暗号。……ていうか、ちょっと待ってください。つまり、あなたたちが、キャンパスのあちこちに穴を掘った犯人なんですか」

むっとした様子で、仁川は首を振った。

「勘違いしないでください。土を掘ったのは事実ですが、ちゃんと埋め戻しておきました。掘りっぱなしなんかにしてません。それは、敵対勢力の仕業なんです」

「敵対勢力って？」

「埋蔵金の発掘を妨害している連中です。まるで見当違いの場所を、適当に掘っているんです。しかも、どこで手に入れたのか知りませんが、この暗号のコピーを学内の掲示板に貼り付けて回っているんです。いくら探しても埋蔵金が見つからないから、たぶんやけになっているんでしょう」

「その人たちを見たことはあるんですか」

「いえ。どうやら夜中に作業をしているようですね」

「……あ、そっか。だから、朝に穴が見つかるわけか。ちなみにSOSの皆さんは、いつ発掘作業をしてるんですか」

「昼間にやっています。講義中は人通りが少なくなりますから、その時間を狙って。何人かで周りの様子をうかがっていれば大丈夫なんです」

「それ、サボりじゃないですか。講義に出るように後輩に言ってくださいよ」

「埋蔵金のロマンに勝てる講義はありませんよ、庶務課のお姉さん」

仁川は自信たっぷりに断言した。確かに埋蔵金は魅力的だ。しかし、穴を埋めようが放置しようが、規則上、無許可で地面を掘った時点で処罰の対象になりうる。庶務課の職員として、釘を刺しておかねばなるまい。

「とりあえず、地面を掘るのは止めてもらえませんか。このままだと、サークルの活動停止命令が出かねませんよ」

「それは困ります。僕たちのロマンを奪うつもりなんですか。事と次第によっては、全力で抵抗させてもらいますよ」

「いや、別に力ずくで押さえ込もうとしてるわけじゃないですよ。正当な理由があれば、許可は出ます。たぶん。なので、事前に庶務課に相談してください」

しばらく逡巡し、仁川はため息をついて、ゆっくり頷いた。

「分かりました。ちゃんと許可をもらって、キッチリ掘り当ててみせます。ＳＯＳの看板に懸けて」

「頑張ってくださいね。あと、勉学の方も」と忠告して、舞衣はメモ用紙に目を落とした。「これ、いただいてもいいですか。こちらでも調べてみたいので」

「オリジナルはこちらにありますから、構いませんよ。……勝負ですね」

「はい？」と舞衣は首をかしげた。

「どちらが先に埋蔵金を見つけるか、ですよ。では！」

仁川は笑顔でそう言うと、待ちきれないというように、舞衣を残して会議室を出て行ってしまった。

6

翌日。舞衣は調査内容を報告するために、再び沖野の元を訪れた。

教員室を覗いてみると、沖野は自分の席で、難しい顔をしてシャーレを睨んでいた。

「失礼します。今、お時間大丈夫ですか」

「ん……なんだ、君か」

「何ですか、それ」と舞衣はシャーレを覗き込んだ。円形のガラス皿には、膜状のゼリー状物質が張られている。

「土壌菌を培養しているんだ。昨日話を聞いて、なんとなく気になってな」

「……すみません、繋がりが全然分かりません。もう少し、順序立てて説明していただけませんか」

沖野はシャーレを机に置き、舞衣を見上げた。

「浦賀先生のところの畑がやられただろう。犯人が穴をきちんと埋めなかったせいで、あそこの土は、以前と別物になってしまった」

「みたいですね。それが、菌の培養とどう関わってくるんですか」

「以前、理学部で行われた天然物探索プロジェクトで、大学内の土壌サンプルを集めたことがあった。土の中に棲んでいる細菌を培養し、それらが恒常的に産生している物質を解析するためだ。その中に、あの畑で採集した土があったんだ。なんとなく、因果めいたものを感じないか」

「いえ、私は別に」と舞衣はすげなく答えた。感じないものは感じないのだからしようがない。

「化学者じゃない君には無理か」

沖野は嘲るように言った。その瞬間、舞衣の中で何かがぷちんと切れた。

「とにかく、今回の事件のせいで、同じ土は二度と手に入らなくなった。希少性の高いサンプルは、可能な限り早めに試験をしなきゃいけない。だから俺は、穴が掘られる以前の、あの畑の土の懸濁液を培養した。それが、さっき見せたシャーレなんだが……」

「へえ、さぞかし素晴らしい結果だったんでしょうねえ」

皮肉を込めた舞衣の言葉に、沖野は顔をしかめた。

「……いや、全然菌が増えなかった。一つもコロニーができていない。培地がよくなかったのか、それとも他に原因があるのか……。より詳細な検討が必要だな」

「わあ。大したものなんですね、化学者の直観力って」

「……馬鹿にしているのか」

「あーらごめんなさい。口が滑りましたわ」と言って、舞衣はつんと横を向いた。何度もこけにされているのだから、このくらいの反撃は許されるはずだ。因果応報というやつである。

「……まあいい。化学の話はこれで終わりだ。調査報告に来たんだろう」

「そーですよ。はい、これ」と、舞衣は埋蔵金の暗号を差し出した。

「なんだこれは」

「暗号です。これが、昨日見に行った畑に掘られた穴の中に落ちていたそうです。埋蔵金を探して、誰かがキャンパスのあちこちを掘っているみたいです」

「当てずっぽうでやってるのか。なんとも無駄なことを。こんなもの、子供騙しもいいところじゃないか」

「え、え、え？」舞衣は腕を伸ばして、沖野の白衣の袖を摑んだ。「その言い方からすると、もしかして、解けたんですか？　一瞬見ただけなのに」

「非常にシンプルだからな。君は分からないのか」

「うわあ、腹立つ」思わず舞衣は本音を口にした。一晩考えてみたが、さっぱり答えが分からなかったのだ。「優越感バリバリで、めちゃくちゃ感じが悪いです」

「感じが悪くて結構。解いたら穴掘りが収まって、モラル向上委員とやらの仕事も片付くんだろう。なら、さっさと埋蔵金とやらを掘り起こしに行こうじゃないか」


舞衣を連れて外に出ると、沖野は持参したクリアファイルから二枚の紙を取り出した。

「それ、学内の地図ですね。もう片方は……」

「周期表だ。元素記号を番号順に並べたものだ。さすがに見たことがあるだろう」

「知ってますよ、それくらいは」

「なら、暗号の説明も理解できるな。メモには、ホームベースが２２で、正門が１０９と書いてある。まず、この数字を元素記号に直すんだ。２２番はチタン。１０９番は、マイトネリウムという、人工的に作り出された元素だ」

「数字を記号に変換したら、次はどうするんですか」

「あとは簡単だ。上の方はいびつになっているが、周期表というのは、横が長くて縦が短い形になっている。そして、四宮大学のキャンパスも長方形をしている。ここまで言えば分かるだろう」

沖野が、牛を挑発する闘牛士（とうぎゅうし）のように、二枚の紙をひらひらと動かしてみせる。いくらなんでも馬鹿にしすぎである。舞衣は彼の手からそれを引ったくり、「こうするんでしょっ」と紙を重ね合わせた。

「お見事。ご名答だ。ただし、上下には気をつけなくちゃいけない。チタンが野球場のホームベースに、マイトネリウムが正門に一致（いっち）する向きに重ねるんだ。これで暗号解読は完了だ」

舞衣は周期表と重ねた地図に目を落とした。

「暗号の読み方は分かりました。でも、メモに書かれた情報は全部使い切っちゃいましたよ。肝心の埋蔵金はどこに……」

「しっかり暗号に書いてあるじゃないか。埋蔵『金』と。つまり、元素記号の金（Au）に相当する位置に、何かが埋めてあるんだろう」

沖野は白衣のポケットから赤ペンを取り出し、「この辺りだな」と構内の地図に丸をつけた。見ると、事務棟の目と鼻の先に印が入っている。

「私の職場のすぐそばじゃないですか」

「思い当たる場所はあるかな」

「花壇があります。プランターなので、大した深さはないですけど」

「ふむ。では、さっそく見に行ってみるか」

沖野は気楽な様子で、舞衣は半信半疑で歩道を進み、事務棟の建物の前までやってきた。

「手分けして探そう。何かの形跡が残っているはずだ」

本当にこんなところにあるのだろうか。舞衣は疑いの念を抱いたまま、玄関近くに置かれたプランターを端から順に覗き込んでいった。

白、紫、ピンク。色とりどりのパンジーが、花弁を目一杯開いて、けなげに景観向上に努めている。

花の展覧会に来た気分で横へ横へと移動する途中で、舞衣は足を止めた。一カ所だけ不自然に花が抜かれているプランターがあった。

「もしかして、これかな」

「どれどれ」と、沖野がやってきた。「うん、怪しいな」

確信めいた口調で言って、沖野はポケットからゴム手袋を出して装着すると、プランターを手で掘り始めた。

反応はすぐにあった。ものの五秒ほどで沖野は手を止め、土の中から褐色の瓶を掘り出した。ちょうど手のひらに収まるくらいのサイズだ。

「化学実験に使う試薬の瓶だな」仔細に観察して、「……ああ、なるほど。そういうことか」と沖野は頷いた。

「それが埋蔵金……なんですか？」

「どうやらそのようだ。ラベルを見て」

葵の紋所を突きつける格さんのように、沖野が瓶をかざした。土に汚れたラベルには、〈塩化金〉と書いてある。

「塩化って、あれですか、塩化ナトリウムの」

「そう。塩は塩素という意味だ。塩素と結合した金。これが埋蔵金の正体だな」

舞衣は小さな瓶をしげしげと眺めた。

「塩化されていても、金は金ですよね。だとしたら、すごく価値があるんじゃないですか、これって」

「普通に買うと、一グラムで五千円、というところかな。この瓶は十グラムだから五万円だ。ただし、空き瓶だから価値はない」

舞衣はがくりと肩を落とした。

「……つまり、埋蔵金というのは、イタズラの類だった、と」

「隠した本人はゲームのつもりだったんだろう。宝探しごっこだ。それが、今回の穴掘り事件を引き起こしたわけだ。まったく、許しがたい蛮行だな」

「あら、ずいぶん厳しいご意見ですね」沖野が見せた憤りに、舞衣は意外な印象を受けた。「先生って、結構正義感が強かったんですねえ」

「正義感かどうかは主観によるが」

沖野はプランターを見下ろして言った。

「無造作に花を引き抜いたことは、罰せられてしかるべきだ」

7

その日の午後。舞衣は昨日に引き続き、再び工学部を訪れていた。埋蔵金の発見を仁川に知らせるためである。

暗号の解読方法と、プランターから塩化金の瓶が発見されたことを伝えると、仁川は膝から床に崩れ落ちた。

「……無念です。我々は、暗号の解読に失敗しました。人海戦術に頼ろうとしたのは、明確な失策でした」

「みたいですね。でも、間に合ってよかったですよ」

すでに、SOSのメンバーからは発掘許可申請が出ていた。律儀な人たちなのである。まだ許可は下りていないが、もしお墨付きがもらえていたら、彼らは手当たり次第にあちこちを掘りまくっていただろう。

「参りました。SOSの完全敗北であります！」と叫んで、彼はそのまま土下座に移行した。「お願いします、庶務課のお姉さん！　顧問になってくださいっ」

「ちょ、止めてくださいよ。人が見てるじゃないですか」

工学部一号館の玄関ロビーである。白衣姿の学生が、遠巻きに舞衣たちの方を見ていた。その視線は、決して好意的なものではない。

「お忙しいのは分かりますが、なにとぞ、なにとぞっ」

「だから、そうじゃないんです。暗号を解いたのは私じゃありませんから」

仁川は潤んだ瞳で舞衣を見上げた。

「……じゃあ誰なんですか」

「それは……」

ここでMr．キュリーの名前を出せば、彼らは大挙して沖野の元を訪れるだろう。確実に、沖野から庶務課にクレームが寄せられる。舞衣は沖野の名前を伏せることを速やかに決断した。

「すみません、言えないんです。堅く口止めされていまして」

口早に言って、舞衣は仁川を置いてその場を逃げ出した。「待ってくださいーっ」と悲痛な叫び声が聞こえたが、心を鬼にして無視した。

無事に工学部一号館を脱出した舞衣は、その足で農学部に向かった。今回の事件で唯一具体的な被害を被(こうむ)った浦賀に、解決の報告をするためである。

浦賀は前回と同様に、にこやかに舞衣を出迎えた。浦賀は美味なる自家製コーヒーをいそいそと用意し、孫の訪問を喜ぶ祖父のように舞衣の話に耳を傾(かたむ)けた。

「——ということで、無事に事件は解決しました。おそらく、もう畑が荒らされることはないと思います。学生さんにも、そうお伝えください」

「そうさせてもらいます。いやしかし、さすがは沖野先生。見事な手際だ」

「はい。私も驚きました。一瞬で暗号を解いたんですよ」

「彼は切れ者だからね。化学的な直感力には、素晴らしいものがある。さすがは大化学者の元で研鑽(けんさん)を積んだだけのことはある」

「大化学者……？」

そこで舞衣は、沖野が以前口にした、「偉大な恩師」のことを思い出した。

浦賀はどうやらその人物を知っているらしい。事情を説明してほしいと頼むと、浦賀は「ふむ」とコーヒーを口に運んだ。

「七瀬さんは、村雨不動先生をご存じかな」

「村雨……ああ、知ってます！　何年か前にノーベル賞を取った方ですよね」

「そう。村雨反応という、アミン化合物と芳香環の結合を形成させる反応を開発し、その功績を認められてノーベル化学賞を受賞された」

「その村雨先生がどうかされたんですか」

「沖野先生は村雨先生の教え子なんだよ。しかも、ただ同じ研究室にいたというだけじゃない。村雨先生と共に反応開発に携わっていたんだ。沖野先生が筆頭著者になっている論文も相当数ある。もちろん、化学界では沖野先生は名を知られた存在だ」

「そうだったんですか。……すごい人だったんですね、沖野先生って」

「実力は折り紙つきだよ」

浦賀はそこで言葉を切り、「だが」と呟いた。

「どうも、彼は人付き合いが苦手らしいね。それで苦労しているようだ」

「……どういう意味でしょうか」

「村雨先生の定年退職に伴い、別の教授が研究室を率いることになったんだが、どうもその先生に疎まれたようでね」

「ケンカでもしたんでしょうか」

「研究方針を巡って揉めたと聞いている。沖野先生は、反応開発ではなく、自然界に存在する物質の研究をやりたいと申し出たそうだ。村雨先生の弟子という肩書きに頼るのではなく、自分で道を切り拓きたかったんだろうね。しかし、後任の教授はそれを認めなかった。だから、ウチのようなさほど大きくない私立大学に来ることになった……そういう事情のようだ」

「なんとなく……分かるような気もします」

　まだ数回顔を合わせただけだが、沖野が化学にしか興味がないことは理解していた。上司に当たる教授を前にして、自分の主張を曲げなかったとしても不思議はない。

「気難しい人なんですね」

「いや、私はそうでもないと思っているよ。多少不器用なだけなんだ」そう言って、浦賀はにっこりと笑った。「今後も色々あるかもしれないが、ぜひとも庶務課の皆さんでフォローしてあげてください」


　関係各所への報告は無事に終了した。これで、残るは事務処理だけとなった。

　文書作成マニュアルはあるが、なにぶん初めての経験である。四苦八苦しつつ空欄を埋め、猫柳に何度か修正を指示されながらも、どうにかこうにか舞衣は報告書を完成させた。

こうして、舞衣が担当した最初の仕事は幕を閉じた。

……と、舞衣は思い込んでいた。

事態が大きく動いたのは、それから二日後のことだった。

解決に協力してもらったお礼を、と思い、自腹で買った茶菓子を手に、舞衣は沖野を訪ねた。果たして沖野は教員室にいた。だが、その表情はやけに暗い。

「どうしたんですか。ずいぶん鬱々（うつうつ）とした顔をされていますが」

「……君か。今日はどんな難題を持ってきたんだ」

「人をトラブルメーカー扱いしないでください。モラル向上委員として問題解決にご尽力いただいたので、お礼に伺ったんです」

「そうか。……ある意味ナイスタイミングだな」

「私が来るのを、今や遅しと待っていてくださったんですか？」

舞衣は笑顔で自分を指差したが、沖野はにこりともせずに首を振った。

「なんで俺が君の来訪を待ち侘（わ）びるんだ。例の穴掘り事件に関して、新たな事実が判明したから、こちらから相談に行くつもりだったんだ。個人的に解決してもいいが、あとで公（おおやけ）になったら大変だからな」

「すみません、個人的とか公とか、全然言ってる意味が分からないのですが」

「それでいいんだ。君に説明するつもりはない。猫柳のオッサンを呼んできてくれ」

「私は蚊帳の外ですか？　あの事件は私の担当なんです」

「君に判断できるレベルの問題じゃない」

「いいじゃないですか。猫柳さんに相談する前の予行演習だと思って、試しに話してみてください」

沖野は面倒くさそうに手を振る。

「二度手間だな。俺はプレゼンには慣れている。帰りなさい」

帰れと言われて素直に帰れるわけがない。舞衣は音を立てて机に手をつき、沖野の顔を正面から見据えた。

「お願いします、話を聞かせてください」

沖野は目を逸らし、苦々しい表情で頭を掻いた。

「好奇心が強いにもほどがあるだろう」

「隠されると余計に気になるんです。誰だってそうじゃありませんか。気を持たせるような言い方をした、先生の責任ですよ」

「分かった、分かった」沖野は降参だというように、小さく万歳をした。「俺のミスだと言うなら説明はする。ただし、正式な処分が決まるまで、他言は無用だ」

「りょーかいでっす」と舞衣はとびきりの笑顔で元気よく返事をした。

「この間、シャーレを見せたのを覚えているか」

「ええ、菌が増えなかったってやつですよね」

「そうだ。浦賀先生のところの畑から取った土を培養したが、一つもコロニーができなかった。何度か試したが、結果は同じだった。だから、土の成分を分析してみた」

「ほう。話の持って行き方からして、何かが見つかったんですね」

「ああ。土壌から、郷田くんが研究している神経再生物質が検出された。しかも、かなり高濃度だ。その化合物のせいで、菌の増殖が抑えられたんだ。おそらく、抗菌活性を併せ持っているんだろうな」

「はあ、それがどうかしたんですか」

化学素人の舞衣には、何が問題なのかさっぱり分からない。

「彼の研究によると、遺伝子改変したカラシナが神経再生物質を産生する、ということになっている。茎や葉から分泌されたと考えれば、カラシナを育てた土からその物質が検出される可能性も、一応ゼロではない。だが、濃度の問題は看過できない。カラシナ中の濃度より、土壌の濃度の方が高い――これは絶対にありえない」

「そうなんですか?」

「当たり前だ。喩えて言うなら、サトウキビそのものより、サトウキビを植えている土の方が甘いということだぞ。どう考えてもおかしいだろう」

「ああ、そう言ってもらえると分かります」

　頷きかけて、途中で舞衣は首をこてんとかしげた。

「ありえないのに、どうしてそんなことになったんですか？」

「考えられる答えは一つだけだ。前もって合成してあった化合物を土に混ぜたんだ」

　舞衣は左側に倒していた頭を、今度は右に倒した。

「ますます意味が分からないですよ。だって、その物質は、カラシナに遺伝子改変を加えたことによって、初めて見つかったものなんでしょう？　それなのに、どうして手元に現物があるんですか」

「奇怪なこの現象を説明する仮説はある。要するに、郷田くんの研究は、逆向きだったんだ」

　沖野は謎めいた言葉と共に立ち上がった。

「あとは確認だ。本人に尋ねるのが一番早い」

　農学部を訪れてみると、郷田はジャージ姿で黙々と土を耕していた。穴が掘られていた、あの小さな畑だ。

　郷田が舞衣と沖野に気づき、顔を上げた。

「どうしたんですか、お二人揃って。穴掘り事件は解決したと伺いましたが」

「終わらせたつもりでいたが、新事実が明らかになってね」

沖野は畑のそばにしゃがみ込み、土を指先で摘み上げた。

「今度は何を育てるつもりなのかな」

「またカラシナです。前回とは違う変異を入れたものですが」

「そうか。以前に見出した化合物の臨床開発は軌道に乗りそうかな」

「そうですね。浦賀先生が製薬企業の開発担当の方と交渉に当たっていますが、とりあえずは順調なようです」

沖野は指に付いた土を払い、郷田の方を振り返った。

「不躾な質問だと分かって訊くが、特許料はどうなる？　研究室に入るのか、それとも、君個人に入るのか、という意味だが」

「それはもちろん、研究室ですよ。権利は大学に帰属するそうですから」

「ということは、君は名誉しか手に入れられないわけだ」

郷田は怪訝な様子で、「……そうですけど」と頷く。それを合図にしたように、沖野がすっと立ち上がり、舞衣を指差した。

「先日、そこにいる七瀬くんが訪ねてきてね。いきなり、俺がモラル向上委員になっていると言い出すんだ。記憶になかったから調べてみたんだが、どうやら理学部の学部長が、勝手に役職を割り振っていたらしい。この四月からコンプライアンス委員まで押し付けられていたことが明らかになったよ」

「はあ……」

いきなり始まった世間話に、郷田は当惑した表情を浮かべた。

「コンプライアンスという言葉の意味は知っているかな」

「ええ、まあ。法令を遵守（じゅんしゅ）するとか、そういうことですよね」

「分かっているじゃないか」沖野は鋭い視線を郷田に投げ掛けた。「なら、どうしてこんなことに手を染めたんだ」

え、と呟いた郷田の顔から、一瞬で血の気が失せた。

「こんなことって……」

「研究成果の捏造（ねつぞう）だ」

沖野は日本刀の切っ先を思わせる鋭い口調で言った。

「最初に新規物質があった。ただしそれは、動植物が産生するものではない。君が自分で設計したものだ。君はそれを大量に合成し、カラシナを植えた畑に振り撒（ま）いた。まるで肥料をやるように、だ。君自身が言っていたな。カラシナは、汚染に強く、地中の物質を吸収すると。この特性を利用して、君は自分が合成した物質をカラシナに取り込ませたんだ。そうすれば、遺伝子改変によって、植物が新規物質を産生する能力を獲得したように見せかけられる」

「あの、沖野先生」舞衣はおずおずと手を挙げた。「新規、新規とおっしゃいますが、そんなに簡単に新しい物質が作れるんですか」

「作れる」

沖野は気持ちいいくらいすっぱり断言した。

「物質を構成する元素を、水素・酸素・炭素・窒素・硫黄に限定し、分子量を五〇〇以下に制限したとしても、考えられる化合物の数は十の六十乗に達すると言われている。ほぼ無限と言っても差し支えない数だ。適当にそこらの試薬を組み合わせるだけで、簡単に新規物質を生み出せる」

すらすらと説明して、沖野は郷田に一歩近づいた。

「熾烈な研究競争に勝ち抜くためには、未知の物質を他人に先んじて見出した上で、それを自らの手で合成しなければならない。だからこそ、研究には価値がある。ところが君は、研究の流れを逆転させることを思いついた。自分が勝手気ままに作った物質に、『植物が産出する』という偽りの付加価値を与えたんだ」

沖野の告発を、郷田は黙って聞いていた。その手は小さく震えている。

「論文として公式に発表した以上、君のやったことは、明確なコンプライアンス違反に該当する。大学として、誠意ある対応を取らなければならない。ただ、組織ぐるみで日常的に捏造を繰り返していたわけではないから、研究室に対するダメージはさほど重くはならないだろう」

「どうしてそう断言できるんですか。浦賀先生が指示した可能性だって──」

「郷田くんは夜中に一人で作業をしていた」沖野は舞衣の反論を遮った。「浦賀先生が命じたのであれば、何人かで昼間に堂々とやればいい。そうしなかったのは、捏造の事実を知っていたのが彼だけだったからだ」

「え、じゃあ、あの夜に目撃されたのって」

沖野は頷いた。

「畑に穴を掘ったのは郷田くんだ。あれは埋蔵金探しなんかじゃない。証拠隠滅工作だ。自分がでっち上げた化合物が、医薬品としての一歩を踏み出そうとしている。活性は本物でも、捏造の事実を悟られるわけにはいかない。だから、人為的に合成した物質が高濃度で含まれている土壌を、綺麗な土と入れ替えようとしていたんだ」

だが、と沖野は歩道のサクラに目を向けた。

「大学というのは、夜でもひと気が絶えないものだ。そのせいで、たまたま近くを通りかかった学生に目撃されてしまった。君は焦っただろうな。仮に穴を埋めても、妙な噂が立つ恐れがある。土壌の本格的な調査が始まったりしたら、自分の不正行為を暴かれるかもしれない。なんとか、穴を掘っていたことを正当化しなければならない。だから、とっさに考えた暗号をメモ用紙に書いて、それを穴の中に残したんだ。埋蔵金を探していた人間が、逃げる時に落としていった、と見せかけるためにな」

「あっ」と舞衣は声を上げた。仁川が言っていた『対抗勢力』。夜中に穴を掘り、そのまま放置していったならず者。その正体は——。

「……ということは、もしかして、あちこちで穴を掘っていたのって」

「十中八九、彼の仕業だ。埋蔵金を探している人間がいるように演出したんだ。塩化金の瓶をプランターに埋めたのもな。……違うかい？」

沖野は言葉を切り、郷田に目を向けた。郷田がゆっくり顔を上げる。

「……先生の、おっしゃる通りです」

「手際の良さからすると、今回が初めてとは思えないな。他にも余罪があるんじゃないのか」

「ええ。修士に入ってからやった研究は、すべて捏造です」

「そうか。……俺が思うに、君は活性のある物質を作るつもりはなかったんだろう。有用だと分かれば、他の研究者が再現実験を試す可能性が出てくる。そうなれば、すぐに捏造に気づかれてしまう」

沖野の口調には、ほんのわずか、穏やかさが混じっていた。

「ところが、適当に合成した新規物質が、たまたま神経再生活性を持ってしまった。もし化学を司る神がいるなら、ずいぶんと皮肉なことをしたとは思わないか。物質の名声が高まれば高まるほど、君の心労は増していく」

郷田は深いため息をついた。

「……ええ。正直に言えば、死ぬことすら考えていました。すべてを告白して、自分の命で責任を取ろうと」

「しかし君は、秘密を隠蔽(いんぺい)することを選んだ。死ぬよりは遥(はる)かにマシだが、所詮(しょせん)はその場しのぎのやり方だ。いずれはバレる」

「その通りですね。現にこうして、沖野先生に見抜かれてしまいました」

「俺の力じゃないさ。偶然の積み重ねが、真実を教えてくれたんだ」

「……僕は、これからどうすればいいんでしょうか」

「浦賀先生とよく話し合うといい。あの人は、学生のことを第一に考えてくれる。きっと、悪いようにはしないだろう」

「はい。……ありがとうございました」郷田は深々と頭を下げた。「ようやく、肩の荷が下りた気がします」

小さく首を振って、沖野は口元を緩めた。

「感謝をするなら、相手は俺じゃない」

そう言って、沖野は舞衣に視線を向けた。つられて、郷田も舞衣の方を向く。

二人に見つめられ、舞衣は戸惑いながら自分の顔を指差した。

「えっと。……私がなにか？」

「自覚はないようだ」

沖野は苦笑して、それから四月の水色の空を見上げた。

「俺は使いっぱしりにされただけだ。なんだかんだで、新人庶務課員さんが君を救ったんだよ。たぶんな」

第二話

化学探偵と
奇跡の治療法

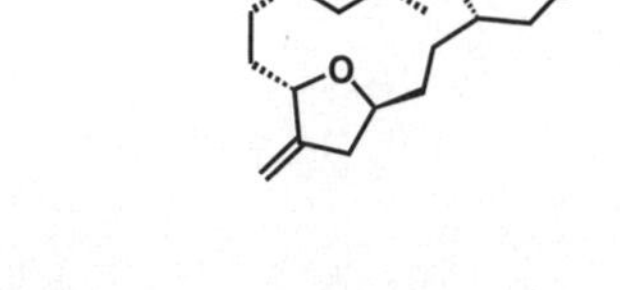

1

「乳癌ですね」

あまりにあっさりとした宣告に、七瀬仁美は「ああっ」と呻いて、隣に座る夫にすがりついた。

七瀬恵一は妻の体をしっかと支え、「間違いないんでしょうか」と尋ねた。

「ええ、非常に分かりやすかったです。腫瘍の大きさは二センチちょっと。腋窩リンパ節への転移はありません。ちょうどⅡ期に入ったあたりです」

高河原はマンモグラフィーの検査写真を見ながら、淡々と答えた。

「そんな……そんなことって」

恵一はみぞおちを殴られたかのように、体をくの字に折った。どこまでも落ちていくような感覚に、内臓全体がキリキリと痛んでいた。

初めて出会ったあの日から、二十と一年。これまで苦楽を共にしてきた愛妻が、癌に冒されている――。

信じられない、いや、信じたくなかった。

なぜ、自分たちばかりが不幸にならねばならないのか。できることなら、今すぐ天に向かって全力で問い掛けたかった。

二年前、恵一は会社からリストラを宣告された。特段成績が悪かったわけでも、周囲との折り合いが悪かったわけでもない。会社そのものが、どうしようもないところまで追い詰められていたのだ。ある一定の年齢以上の管理職は、職階を問わずに全員クビを切る。抵抗の余地はどこにもなかった。

よっしゃ俺は自由だ、これから遊びまくるぞーっ！　などと、楽天的に切り替えられる性格であれば、幾分救われたかもしれない。しかし、恵一はクソという形容詞が付くほど、真面目な男であった。

恵一は職を見つけようと懸命に努力した。ハローワークに足繁く通い、インターネットを駆使して求人情報を探し続けた。だが、就職難が声高に叫ばれる昨今、四十を大きく過ぎた男に再就職先がほいほい見つかるわけもなく、結局、「無職」という、決して手に入れたくなかった称号を押し付けられることとなった。

もとより、給料の低い会社であった。しかも、仁美は体が弱く、外に出て働くことができない。子供はいないが、生活は決して楽ではない。

雀の涙ほどの退職金は、あっという間に底を突き、恵一たちは、それまでの貯えを切り崩してなんとか糊口をしのいでいた。食費に掛けられる金額も減り、二人はみるみるうちに痩せていった。

それを見て、仁美の知り合いの主婦が、「どこか悪いんじゃない？」と心配したのは、当然と言えば当然の流れかもしれなかった。

彼女は迷惑と親切の境界線上に立つ、非常に世話焼きの人間だった。仁美の体を慮った結果、頼んでもいないのに、彼女は格安で健康診断を受けられる病院を探してきてくれた。せっかくの厚意である。無下に断れるわけもなく、二人は言われるがままに検査を受けることになった。

——その結果が、これだ。

今の自分たちに追い討ちを掛けるように下された、非情すぎる診断。

ああ、そうか。

悟りは唐突に訪れた。救いの手を求めて叫んでも無駄だ。なぜなら、この世の中には、神も仏もないのだから——。

知りたくもなかった真理にたどり着いた時、恵一は指先に微かな振動を感じた。

我知らずつむっていたまぶたを開くと、自分の腕の中で妻が震えていた。恐怖を抑え込むように唇を嚙み締め、少しでも温もりを得ようと、恵一の体に必死にしがみついている。

そこでようやく、恵一は恐慌状態から抜け出した。そうだ。いかにこの世が無情でも、愛する妻の病を放置するわけにはいかない。自分が彼女を支え、手に手を取り合って、未来へと歩んでいかねばならない。

　恵一は仁美の体を強く抱き締め、心を奮い立たせるように背筋を伸ばした。

「先生。やはり、しゅじゅちゅ……」気合を入れすぎたせいで噛んでしまった。恵一は頬を張って言い直す。「もとい、手術をすることになるのでしょうか」

「手術ですって？」

　高河原は、銀色のメガネの細いフレームを人差し指で押し上げて訊き返した。

「馬鹿なことを言ってはいけません。奥さんの乳房が永遠に失われても構わないというのですか。守れるものは守りましょう」

　一瞬意味を取り損ねたが、少し考えて、恵一は頷いた。

「ということは、放射線治療ですか」

「放射線！」高河原は椅子から立ち上がって、過剰演技で名を知られた舞台俳優のように大げさに両手を広げた。「いやはや、二番目に出てくる選択肢がそれとは。驚きました。どうやらご主人は、誤った常識に囚われているようだ」

「放射線は使わないのですか」

「当然です。それこそ愚者の選択ですよ。当医院では、既存の方法より、遥かに優れた治療法をご提供しております」

　恵一は妻に目を向けた。彼女は当惑した表情で医師を見上げていた。どんな治療を受けさせられるのかと怯えているのだろう。

「それ以外のやり方というと……抗癌剤でしょうか」

小さな声で、仁美が尋ねた。反射的に、恵一は妻の髪に目をやった。

蛍光灯の光を受けて、つやつやと輝く黒髪。抗癌剤治療では、副作用で体毛が抜けると聞いたことがある。髪の毛とて例外ではない。女性にはあまりにむごい仕打ちだ。

「ご心配なく」

高河原は恵一の思考を読み取ったようなタイミングで口を開いた。

「確かに薬を飲んでいただきますが、それは普通の抗癌剤とは全く異なるものです。効果は抜群、しかし副作用はゼロ。正しく服用すれば、奥さんは今のお美しい姿を失わずに済むでしょう」

恵一は仁美と顔を見合わせた。

今の高河原の言葉は、恵一にはにわかには信じがたいものだった。『お美しい』ではない。それは万人が認めるべき形容詞であり、認めない不届き者を論破できるほど当然の事実だ。信じられなかったのは、『副作用ゼロ』の方だ。ただでさえ、自分たちは不幸の星の下に生まれついている。そんなうまい話が、こんなに簡単に手の届くところに存在しているとは思えなかった。

「……そのような薬が、本当に存在するのですか」

仁美は、波間に板切れを見つけた漂流者のような顔で訊いた。

「もちろんですよ、奥さん。私は嘘は申しません。どうぞこちらを」

高河原は机の上のパンフレットを手に取ると、大口の取引先に名刺を渡す営業職の人間のように、二人に向かってうやうやしく差し出した。表紙には、草原をバックに笑顔で手を振る、白いワンピース姿の女性の写真が載っていた。

「これは……」

「その冊子に、私が用いている治療法の基礎知識が載っています。どうぞお持ちください」

「ええ、読ませていただきますが……ちなみに、何と言う治療法なんですか」

恵一が尋ねると、高河原は丸メガネの奥の目をきゅっと細めた。

「ホメオパシー、という言葉を聞いたことはありませんか」

2

四月二十五日。舞衣は朝から笑顔であった。

初めての給料日である。

額面は分かっている。正直、大した額ではない。しかし、ついつい口元が緩んでしまう。「初任給」という肩書きが成せる業だ。転職しない限りは、人生で一度きりの、特別なお給金。プレミアム感満載である。

　何を買おうか考えながらキーボードを叩いていると、「ずいぶんご機嫌ですね」と猫柳が声を掛けてきた。薄くなった頭部をごまかす、名人芸のような髪型は今日も健在である。

「あ、分かっちゃいましたか。すみません、初任給が嬉しくって」

「ああ、そうか。今日は二十五日でしたね。いや、初々しくて大変結構です。私くらいの歳になると、全くと言っていいほど意識しなくなってしまいますから。口座に振り込まれているのを確認することすら忘れるほどです」

「そんなものなんですか。あ、でも、分かる気がします。ウチの父も、給料の話は一度もしたことがありませんでした。たぶん、母に任せっきりだったんだと思います。課長のところはどんな感じですか」

「私も同じです」猫柳は神妙に頷いた。「結婚以来、家計のことはすべて妻に任せています」

「そうなんですか。ちょっと意外ですね。そういうの、お好きそうに見えます」

「……本当は、私がやりたいのですが、妻に激しく拒否されてしまいまして」

「どうしてですか？　金銭感覚が大ざっぱすぎるとかですか」

「その逆ですよ」と、猫柳はため息をついた。

「試しに一度だけやらせてもらったことがあるんです。その際に、一円単位で領収書を要求したら、妻にこっぴどく怒られてしまいまして。私はなるべく精密にことを進めたいのですが……」

「じゃあ、そう主張すればいいじゃないですか」

「とんでもない！」猫柳は声を裏返らせた。「そんなことをしたら、妻にどんな目に遭(あ)わされるか……。課長代理の出番を作るわけにはいきません」

「はあ……大変なんですね」

どうやら猫柳は奥さんの尻(しり)に敷かれているらしい。亭主関白にはほど遠い風貌(ふうぼう)をしているので、納得といえば納得なのだが、それにしても怯えすぎではないだろうか。

もしかして、家庭内ぼうりょ(DV)……？

おっと危ない。舞衣はそこで思考を急停止させた。夫婦には、二人にしか分からない世界があるものだ。下手(へた)に首を突っ込んで、思わぬ反撃を食らって蜂(はち)の巣になるのはごめんである。

くわばら、くわばら、と舞衣が若年者にあるまじき呟(つぶや)きを漏(も)らした時、机の上で電話が鳴り始めた。

「出ます」と猫柳に断って受話器を取り上げる。「はい。四宮(しのみや)大学ですが」

「……あの、七瀬と申しますが。七瀬、舞衣さんをお願いします」

「七瀬は私ですが」なんだか妙な応答になったな、と首をかしげたところで、電話の声の主に思い当たった。「その声は、もしかして、恵一叔父さん？」

「ああ、舞衣ちゃん。ごめんね、仕事中に」

「ちょっと待って」

舞衣は受話器を手で覆い、「親戚から電話なのですが、このまま話しても構いませんか」と猫柳に許可を求めた。

「ええ、どうぞ。……私もよく妻からの電話を受けますから」

猫柳は悲しげな瞳で呟き、自分の席に戻っていった。

舞衣は軽く咳払いをしてから、受話器を耳に当てた。

「ごめんなさい、お待たせして」

「いや、こちらこそ済まない。職場の方に連絡してしまって」

「あれ？　そういえば、どうしてこの番号が分かったんですか」

「四月の初めに、ウチに遊びに来てくれただろう。その時にもらった名刺の番号に掛けたんだよ。携帯電話の方は電源を切っているようだったから」

そうだった。恵一は舞衣の父の弟で、以前から四宮に住んでいる。せっかく同じ市内に住んでいるのだからと、舞衣は最初の休みを利用して、恵一の自宅を訪れた。その際に、調子に乗って身内に名刺を配ったのだった。

　わざわざこちらに掛けてきたということは、当然、緊急の用件に違いない。もしや、両親になにか起きたのか。舞衣は不吉な予感に眉根を寄せた。

「何かあったんですか」

「うん。それなんだが」急にそこで恵一の歯切れが悪くなる。「ところで舞衣ちゃんは、もうお給料はもらったのかい」

　突然何を言い出すのだろう。初任給など、わざわざ電話で確認するほどのことではない。物理的に具現しかねないほど明確な違和感を覚えつつも、舞衣は正直に答えた。

「えっと、たぶん、もう振り込まれていると思いますが」

「そうか。大学も普通の会社と同じなんだな」

「ウチは私立ですから」

「ああ、そうだったね。うん、すっかり失念してたな」

　これでは完全なる世間話である。さっさと私用電話を済ませようと、舞衣は本題に入るように促(うなが)すことにした。

「あの、それがどうかしましたか」

「……大変申し訳ないんだが、お金を貸してもらえないだろうか」と、恵一は消え入るような声で言った。「まとまった金が早急に必要になってしまってね。知り合いに声を掛けて回っているんだが……。もう、舞衣ちゃんくらいしか頼れる人がいなくて」

「一応お伺(うかが)いしますが、ウチの父に連絡は」

舞衣は恐る恐る尋ねた。舞衣の父は、若い頃に連帯保証人になったせいでひどい目に遭ったことがあり、それ以降、どんなに親しい人間に頼まれても、頑として金を貸すことを断り続けている。

「まだ、してない。断られるのが……いや、断らせるのが申し訳なくてね。兄貴は頑固だから、自分のポリシーを曲げないと思うんだ。でも、薄情な人間というわけじゃない。むしろ人情家だから、理想と現実の間で板挟(いたばさ)みになって苦しむと思う。だから、兄貴に借りるのは最終手段なんだよ」

「ちなみに、私は何番目くらいでしょう」

「最後から四番目かな。舞衣ちゃん、消費者金融、家を売る、兄貴、の順番だよ」

「それは……相当ギリギリな感じですね。でも、私の次の選択肢は止(や)めておいた方がいいんじゃないですか。昔よりマシになったとはいえ、利息が高いのは間違いないですから」

「分かってる。それは分かっているんだが……時間がないんだ」

恵一は今にも受話器を取り落としそうな、苦しげな呟きを漏らした。これは相当ヤバそうだ。舞衣は脳内で作成していた「お給料をもらったら買うもののリスト」をいったん白紙に戻した。

「事情はなんとなく理解しました。私でよければ、協力させてください」

「本当かい。助かるよ。これで、必要な額の四割くらいにはなりそうだ」

「……あの、つかぬことをお伺いしますが」湧き上がってきた好奇心を抑えきれず、舞衣はとうとう禁断の質問に手を付けてしまう。「そもそも、おいくら必要なんですか」

恵一は受話器の向こうで深いため息をついて、ぼそりと言った。

「四百万円」

「よっ……」

危うく叫びかけたところを、舞衣はなんとかこらえた。庶務課の事務室内である。声のトーンを落として会話を続ける。

「そんな大金、何に使うんですか」

「……薬を買うのに必要なんだ。仁美が、仁美が……」

いよいよこらえられなくなったのか、恵一は嗚咽をこぼし始めた。どう考えても、これは尋常ならざる事態である。電話で聞くにはヘビーすぎる。

「私でよければ相談に乗りましょうか。もちろん、父や母には言いませんから」

「……僕たちを、助けてくれるのか」

「はい」と舞衣は元気と勇気を込めて頷いた。「お金をあまり貸せない代わりに、力をお貸しします！」

3

翌日の昼休み。舞衣は理学部一号館の前を行きつ戻りつしていた。

迷った挙句にここに来てしまったが、果たして正解だったのだろうか。しかし、他に頼れそうな人物に心当たりはない。

ええい、ままよ、と決意を固め、舞衣は玄関前の短い階段を駆け上がると、その勢いを利用して、二階にある〈先進化学研究室〉の教員室に向かって突進していった。

部屋の明かりは消えていたが、舞衣はためらいなくドアノブを摑んだ。期待通り、ドアに鍵は掛かっていない。

薄暗い室内に足を踏み入れ、「あの、すみません！」と声を掛ける。

すると、地平線から昇る朝日のごとく、ソファーの背もたれの向こうから人の頭が出てきた。Ｍｒ．キュリーこと、沖野春彦その人である。

沖野は寝ぐせの付いた右側頭部を撫でて、「……また君か」と、うんざりした表情を見せた。どうやら今日も昼寝に勤しんでいたようである。

舞衣は部屋の明かりをつけて、沖野のそばに駆け寄った。

「どうも、ご無沙汰しております。私のこと、覚えていらっしゃいますか」

「ああ、覚えているとも。事務局庶務課の七瀬舞衣くんだ」

沖野はのそりと立ち上がり、面倒臭そうにソファーに座り直した。

「無礼な人間と、厄介事を持ち込む人間のことは忘れないように心掛けているんでね」

「……ちなみに私はどちらに分類されるんでしょうか」

「光栄に思いなさい。両方だ」

沖野は平然と毒舌をかまして、大あくびをした。

「機嫌、悪そうですね」

舞衣は沖野の向かいにちょこんと座り、上目遣いに尋ねた。

「せめて、事前に連絡しておいてくれれば、多少はフレンドリーに出迎えられたんだがね。寝ているところを無理やり起こされれば、腹が立つこともある。どうやら君には学習能力が欠如しているらしい」

「……前もって電話したら、門前払いされると思ったんです」

ほう、と言って、沖野は目を細めた。

「つまり、君には疚しい点があるわけだ」

「ないこともないですけど、悪いことはしてません」

「やけに回りくどい言い方をするな。また学生のモラル問題かな。それとも、コンプライアンス違反かな」

「どちらでもありません。個人的なことで、ご意見を伺いたくて」

「……理学部の学部長に確認を取ってもいいかな」沖野は電話機に目を向けた。「俺はいつから、人生相談の担当になったんですか、ってな」

「別に、恋愛や人間関係の悩みを打ち明けに来たわけではありません。化学に詳しい方に聞くのがベストだと思ったんです」

「おっと、君の口から化学という言葉が出てくるとは。拝聴する価値がある可能性はゼロではないようだ」

「何と言われても構いません。私は沖野先生を真の化学者と見込んで、こうしてお時間を割いていただいているわけですから」

舞衣はうつむいて、傷ついている繊細(せんさい)な乙女(おとめ)を意識しながら言った。無論、演技である。

その様子を見て、沖野は気まずそうに咳払いをした。

「……分かった。とにかく聞こうじゃないか」

よし、引っ掛かった！　舞衣は微笑(ほほえ)みそうになった頬を引き締めた。まだ釣り針をくわえさせただけだ。ここからが肝心だ。

舞衣は真剣な眼差(まなざ)しを維持しつつ、沖野の瞳をまっすぐ見つめた。

「ホメオパシーについて、沖野先生の考えを聞かせてもらえませんか」

するとと、腐った魚を鼻先に突きつけられたかのように、沖野が激しく顔をしかめた。

「……聞き捨てならない単語だな。いいだろう。説明してくれ」


叔母の仁美が乳癌と診断されたこと。手術や放射線治療ではなく、ホメオパシーという治療法を紹介されたこと。ホメオパシーは、副作用が全くない、完璧な治療法であるが、その代わりに、薬の値段が異様に高いこと――。舞衣は、昨日の夜、叔父の恵一から聞いた内容を伝えた。

話を聞き終えた沖野は吐息をこぼして、首を小さく左右に振った。

「まさか、乳癌の治療にホメオパシーを勧める医師がいるとは……世も末だな」

「知人に紹介されたお医者さんだって言ってました。高河原医院、っていうんですけど、知ってます？　四宮市内にあるみたいです」

「知るわけがない。俺はここ十年ほど、医者には掛かってないからな」

「健康で結構ですね。で、ホメオパシーなんですけど、自分でも少し調べてみたんですが、よく分からなくって」

恵一に見せてもらったパンフレットには、『ホメオパシーとは、極度に希釈した特定の成分を投与することによって、人間に本来備わっている治癒力を引き出す治療法である』と書かれていた。なんでも、香辛料や鉱物を水で何度も薄めて作った液体を染み込ませた、「レメディ」と呼ばれる砂糖玉を摂取するだけで、あらゆる病気がたちどころに治るのだという。

化学に詳しくない舞衣ではあるが、一読しただけで「嘘くさっ！」と思った。そんなうまい話があるはずがない。パステルカラーで彩られた冊子からは、怪しい臭いがぷんぷんと漂っていた。「この治療のおかげで癌が完治しました」と笑顔で語る老婆は、もはやしわくちゃの詐欺師にしか見えなかった。

しかし、恵一たちはまんまと医師の説明を信じてしまった。舞衣は必死で「騙されているんですよ」と忠告したが、「そんなことはない」と言うばかりで、ちっとも聞く耳を持とうとしなかった。

真面目な人間は、純真さゆえに、時として非常に危うい行動に走ることがある。恵一と仁美は、まさにその状態に陥っていた。高河原とかいう医師の甘言に乗り、半年分で四百万円というぼったくり価格にもかかわらず、なんとかしてレメディを購入しようと必死に金策に走っている。乳癌というショッキングな現実が、二人の判断力を麻痺させてしまっているのだ。

素人の自分では叔父を止められない。ここは専門家に説得してもらうしかない。そう考えて、舞衣は沖野に助けを求めたのであった。

「単刀直入にお伺いしますが、結局何なんですか、ホメオパシーって」

「簡単に言えば、宗教だ」

「宗教、ですか？　化学じゃなくて？」

沖野は鬱陶しそうに首を振った。

「化学でも科学でもない。何の根拠もないおまじないだ。すでに統計的な解析により、ホメオパシーには一切治療効果がないことが証明されている」

「ということは、やっぱりインチキなんですね」

「菓子として売っているならともかく、治療効果を謳っている以上は、詐欺と断ぜざるを得ない。効くわけがないんだからな。ただ、信奉者は世界中に存在する。日本より、欧米の方が人気が高い。向こうでは信じる人間があまりに多すぎて、ホメオパシーを排除できないところまで来ているらしい」

「偽物なのに、そんなにファンが多いんですか」

「自然由来の成分とか、治癒力を引き出すとか、体内の毒物を追い出すとか、そういう言葉が耳に心地よく響いてしょうがない人間が多いんだよ、世の中にはな」

なるほど、と相づちを打って、舞衣はずいと身を乗り出した。

「その様子だと、沖野先生はホメオパシー反対派のようですね」

舞衣がそう尋ねると、「はっ」と沖野は鼻で笑った。

「なんですか、その馬鹿にした感じ」

「賛成とか反対とか、そんなことを論ずること自体がナンセンスだからだ。宗教だと最初に言っただろう。俺は無神論者だが、仏教徒もキリスト教徒もイスラム教徒も、存在そのものは否定しない。信仰の自由は、日本国憲法で保証されている」

「なんか、冷たい意見ですね」舞衣は口を尖らせた。「もっとこう、熱くならないんですか。『ホメオパシーなんてぶっ潰してやるぜ！』みたいな」

「そんな暇があれば、自分の研究をやる」

　当然とばかりに沖野は答えた。

「そんなあ……。このままじゃ、世の中がむちゃくちゃになってしまいます」

「心配しなくても、科学界のお偉方はきちんと動いている。注意喚起の声明を出したり、怪しい会社に立ち入り検査を行ったり、むやみにホメオパシーが広がらないように気をつけている。俺がしゃしゃり出るまでもない」

「先生の言い分は、たぶん正しいと思います。でも……」

「でも、なんだ」

「私は納得できません。私の叔父と叔母は騙されてるんです。お金のこともそうですけど、効かない砂糖玉をありがたがって舐めてるうちに、腫瘍はどんどん大きくなります。時間がないんです。説得を手伝ってもらえませんか」

「俺じゃなくてもいいだろう。まともな医者に相談してみたらどうだ」

「もちろん、他の病院に行くように言いました。でも、ダメなんです。『普通の医者に見せたら、乳房を切られてしまう。妻にそんなむごい仕打ちはできない』って、叔父に拒否されたんです」

沖野は発熱していないか確認するように、額に手を当てた。

「……どうも、君の叔父さんたちは軽い洗脳状態に陥っているようだな」

「たぶん、高河原って医者は口がうまいんだと思います。何度か診察を受けるうちに、完全に信じちゃったんです」

「一種のマインド・コントロールだな。……かなり難しい状況だ。俺は精神科医じゃないからな。今から俺が出ていっても状況は変わらないだろう」

弱気な沖野の発言に、「そんなことないですっ！」と舞衣は拳を握り締めた。

「大学の准教授という肩書きは、医師にも劣らない立派なものです。権威のある人が説得すれば、きっと叔父たちも目を覚まします」

「買いかぶり過ぎだと思うが」

「そうかもしれません。でも、ダメもとでも構いません。結果がどうあれ、沖野先生に責任を負わせるようなことはありません。ですから、説得を手伝ってください。お願いします！」

懇願して、舞衣は深々と頭を下げた。

舞衣は自分のつま先を見つめながら、ひたすら沖野の返事を待った。

しばらく間があって、やがて沖野はぽつりと言った。

「……分かった、なんとかやってみよう」

「本当ですかっ」

「ああ」沖野はしかめっ面で頷いた。「断ると言っても聞き入れてもらえそうにないからな。速やかに片付けて、自分の仕事に戻ることにする」

4

夕方。定時を待って、舞衣は沖野と合流した。

「どうもすみません。私が言うのもなんですけど、研究室の方は大丈夫なんですか」

「早退すると言って出てきた。自覚があるなら訊かないでくれ」

予想はしていたが、思った以上に沖野は不機嫌だった。先に夕食をおごって誠意を見せようと思っていたが、この分ではあっさり断られそうだ。寄り道をせずに、まっすぐ恵一宅に向かうことにした。

沖野と並んで構内を歩きながら、舞衣は恵一に連絡を取った。すでに面会の約束は取り付けてある。

「あ、叔父さん。これからそっちに――って、え、そんな」

舞衣の変調に、「どうした」と沖野が足を止めた。

「今から病院に行くから、今日はダメだって言われました。……マズいです。また例の医者と会うつもりみたいです」

「なら、こっちも病院に向かおう。これ以上洗脳が深くなると、手が付けられなくなるかもしれない」

沖野は毅然とした足取りで歩き出す。「了解です」と返して、舞衣は走って沖野に追いついた。

正門から出て、キャンパスの東側に面した大通りへと歩を進める。沖野が手を挙げると、背の高さが功を奏したのか、ものの数十秒でタクシーが停車した。すばやく乗り込み、舞衣は「高河原医院までお願いします」と告げた。

「ここから近いのか?」

車慣れしていないのか、沖野はシートベルトを付けるのに手間取っている。

「四宮の北の方らしいです。ていうか、タクシー移動って。先生は自家用車は持ってないんですか」

「悪いが、免許すら持ってない。君はどうなんだ」

「バッチリ持ってますよ。冬のボーナスあたりで、可愛い軽を買おうと思ってます」

「可愛い、ね。ボディに傷が付かないように、せいぜい慎重に運転してやってくれ」

「言われなくてもそうします。私は絶対安全運転主義ですから」

「それは意外なポリシーだ」沖野は窓の外に目を向けた。「俺の目には、君はトラブルを求めてがむしゃらに突っ走っているように見えるが」

「またそんな嫌味を……」舞衣は窓ガラスに映った沖野の顔を睨みつけた。「そんなこと言ってたら、轢いちゃいますよ」

「すでにタイヤに巻き込まれている気がしないでもない」

　そんなやり取りをしているうちに、二人を乗せたタクシーは順調に走り、目的地に到着しようとしていた。

　通りでタクシーを降り、路地の奥に入っていくと、白を基調にした二階建ての建物が見えてきた。サイズの異なるはんぺんを二枚重ねたような形をしている。

　玄関前で足を止め、「案外小さいな」と沖野が呟く。確かに間口は狭く、せいぜい五メートルかそこらしかない。病院としては小さい部類に入るだろう。

「あっ、あれ」

　舞衣は建物に隣接する月極駐車場を指差した。以前から恵一が愛用しているセダンが、こちらにテールランプを向けている。やはり、ここに来ているのだ。

「悠長に店構えを観察している場合じゃなかったな」

沖野はポケットに突っ込んでいた手で顎をひと撫でして、迷いなく自動ドアの前に立った。

ほぼ無音で開いたガラス戸の向こうは、瀟洒な待合室になっていた。

フランスの田園地帯を素朴なタッチで描いた風景画、青々と茂った観葉植物、そして、アルファ波出しまくりの、穏やかなクラシック音楽。さほど広くない待合室には、ソファーが三脚、コの字型に並べられている。だが、恵一たちの姿はどこにも見当たらない。スーツを着た男性が一人掛けているだけだ。

「間に合わなかったんでしょうか……」

「そのようだな」

落胆し、肩を落とす舞衣を置いて、沖野はソファーに座っている男性に近づいていった。

気配に気づき、男性がノートパソコンから顔を上げる。シックな黒いスーツに、眉や耳に掛からない程度に切り揃えられた髪。外見は生真面目なビジネスマン風にまとめているが、その目は猛禽類のそれによく似ていた。

「——沖野」と、男性が驚きの表情で呟いた。

「やっぱり岩城か。同窓会以来だから、六年ぶりになるか」

「もうそんなになるかな。それにしても……」ワイシャツとチノパンという沖野のラフな格好を見て、岩城は小さく笑った。「あの頃と全然変わってないな。大学の助教ってのは自由なんだな」

「今は四宮大学の准教授だ」と、沖野はまるで他人ごとのように訂正した。

「村雨研究室から移ったのか」

「二年前にな。お前は、製薬企業の開発担当だったよな」

「仕事内容は前と同じだが、会社は変わった。『ハイジア製薬』という、小さなベンチャー企業だ」岩城は懐から取り出した名刺を沖野に手渡した。「大企業はフットワークが重すぎる。もっと効率良く、次々と薬を生み出したくてな」

「それで転職したのか。相変わらずせっかちなヤツだ」

「癌の治療薬を、一日も早く患者さんに届けたいんだ」

　知人同士らしく、二人は気安い感じで会話を重ねている。舞衣は多少の場違い感を味わいながら、「あの」と声を掛けた。

　岩城が不思議そうに舞衣を見つめる。

「ずいぶん若い奥さんをもらったんだな」

「いや、違う」沖野は冷静すぎるほど冷静に否定した。「ウチの大学の事務員さんだ」

「ああ、そうなのか。どうも、初めまして。岩城です。沖野は、高校時代の同級生なんです」

岩城が席を立ち、舞衣に握手を求めた。その浅黒い手を握り、「七瀬です」と舞衣は頭を下げた。

名乗った瞬間、岩城の双眸がわずかに鋭さを増した。

「……沖野は、今日はどうしてここに？」

岩城は視線を沖野に戻し、先の会話より一音階下げた声で尋ねた。

「彼女の親戚がこちらに来ていると聞いてね。こんなところで治療を受けないようにと、説得のために立ち寄ったんだ。お前こそ、どうしてここにいるんだ。まさか、ホメオパシーの体現者になるために、ベンチャーに転職したわけじゃないだろう」

「それは――」

岩城が口を開きかけたその時、診察室に繋がるドアが開き、恵一と仁美が寄り添って出てきた。

二人の後ろには、アスパラガスのように細長い体軀の男の姿があった。丸メガネの奥の目を細め、仏像を思わせる微笑を口元に貼り付けている。

白衣の胸ポケットに付けられた、〈高河原〉のネームプレート。こいつが……舞衣は眉根を寄せた。

「あら、舞衣ちゃん」仁美が、少女のようなあどけない笑顔を浮かべた。「昨日はありがとうね、話を聞いてくれて」

「いいえ、大したことはできなくて。それより、お薬の方は……」

妻の肩を抱いていた恵一が、晴れやかな表情で頷く。

「大丈夫、解決したよ。高河原先生と相談してね、三カ月分だけとりあえず処方してもらうことになったんだ」

恵一はそう言って、仁美が胸に抱えた白い紙袋に目を向けた。そこに、世界で最も高価な砂糖玉が入っているに違いなかった。

「三カ月って……。叔父さん、お金は」

「みんなに借りた分でなんとかなったよ。消費者金融に行かずに済んだね」

「いや、そういう問題じゃなくって……」

舞衣が二人の説得に掛かろうとした刹那、アルカイック・スマイルでやり取りを見つめていた高河原が、素早く舞衣と恵一の間に体を滑り込ませた。

「こちらの方たちは？」

「私の姪です。もう一人の方は……」

高河原と恵一と仁美、六つの目が、一斉に沖野に集中する。沖野は軽い会釈で視線に応えた。

「沖野と申します。四宮大学で教鞭を執っています」

「ほう、大学の先生ですか」高河原に動揺した気配はない。「どうも、高河原でございます。当医院の医院長をしております」

差し出された名刺を、「結構です」と沖野は突き返した。

「あなたに連絡することはないでしょうからね。紙の無駄です」

高河原はおどけるように目を見開いてみせた。

「おや、どうやら沖野先生は、私どもの治療法に否定的なご意見をお持ちのようだ」

「肯定とか否定とか、そういうジャッジをするつもりはありません。ただ、こちらの女性にレメディを処方したことは見過ごせませんね。ショ糖では癌細胞は死にません。早期に適切な治療をすべきです」

高河原は「いやいや」と苦笑しながら首を振った。

「どうやら、何もご存じないようだ。当医院では、これまでに何十人という癌患者さんを治療してきました。紛れもなく、全員が完治しています。ホメオパシーの持つ治癒力は本物ですよ。信じる者は救われる。これは至言です」

「腫瘍が消えたとおっしゃるのですか」

「いかにも。快癒した上に、再発も一切ありません」

「一度、精神科医に行かれることをお勧めします」沖野は真顔で言った。「妄想に取り憑かれているようですから」

「紛れもない事実ですよ。妄想と言下に切り捨てる狭量な精神では、研究というクリエイティブな仕事は務まらないのではないでしょうかね」

「貴重なご助言、ありがとうございます」

その瞬間、沖野と高河原の間で青い火花が散ったように舞衣には見えた。

高河原は沖野から視線を外して、「さて」と岩城に向き直った。

「お待たせして申し訳ない。どうぞこちらへ」

岩城はちらりと沖野を見たが、何も言わずに高河原と共に診療室に入っていった。

沖野は岩城の背中を見送って、自分の肩を揉みほぐした。

「なかなか曲者のようだな、あの医者は」

「普通じゃないのは分かります」

舞衣は同意した。あの、気味の悪い笑顔。消化不良を起こしたような不快感が、さっきから胸の中に渦巻いていた。

舞衣と沖野は、恵一の車に同乗し、ひとまず近くの喫茶店に移動した。

「いらっしゃいませえ」と出迎えたバイトの女子大生は、舞衣たちの様子を見て、接客担当失格の烙印を押されかねないほどの怪訝な表情を浮かべた。

えびす顔と仏頂面。前を行く恵一たちと、後ろの舞衣たちの表情は、あまりに対照的であった。

　四人は奥まったテーブルに案内された。舞衣はさして飲みたくもないコーヒーをとりあえず注文し、深いため息をついた。

「どうしたんだい、舞衣ちゃん。そんなに怖い顔をして」

　世にも不思議な出来事を目撃したというように、恵一はぽかんとしている。

「叔父さん。さっき、三カ月分だけ処方してもらった、って言ったよね」

「ああ。そうだよ」と、誇らしげに恵一は頷く。

「いくら払ったの」

「百五十万円だ。元々の価格から、少し値引きしてくれたんだ」

　恵一は紙袋を持ち上げて、初々しい恋人同士のように仁美と微笑み合う。舞衣は頭を抱え込んだ。

「……先生。クーリングオフって、薬にも通用するんですか」

「いや、確か、医薬品は除外されていたはずだ。正当な手段で支払い分を取り返すなら、裁判を起こすしかない」

「裁判なんて、そんなこと」仁美が怯えたように首を振る。「これを飲めば癌が治るんですよ。手術をすることを思えば、安い買い物じゃありませんか」

「安くなんてないってばっ！」

舞衣はテーブルに身を乗り出し、仁美の肩を揺すった。

「しっかりしてよ、仁美さん。それ、ただのお砂糖なんだよ。効果なんてあるはずないじゃない」

「ちょっと、落ち着いて舞衣ちゃん。それは違うんだよ」

舞衣の剣幕に驚きつつも、恵一は慌てて二人の間に割って入った。

「確かに、成分的にはただの砂糖かもしれないが、高河原先生が丹誠込めて調整した、特別な水が染み込ませてあるんだ。希釈する前の物質の波動が記憶されているから、ちゃんと効果が出るんだよ」

特別な水？　物質の波動？　叔父さん、それってオカルト信奉者が、いの一番に口にする常套句だよ――。

舞衣はほとんど泣き出しそうになっていた。自分のよく知る二人と同じ顔をした、言葉の通じない誰か。パラレルワールドに迷い込んでしまった時、きっと人はこんな気持ちになるのだろうと思った。

「二人とも、もっと冷静に物事を――」

舞衣が再度説得に挑もうとした時、沖野が横から長い手を伸ばした。

「七瀬くん。無駄だ。常識で攻めても意味がない」

「そんなこと言ったって、他にやり方は……」

「いいから俺に代われ。今のやり取りを見て思いついた」

沖野は舞衣だけに聞こえる声で言って、恵一たちの正面に座り直した。

「七瀬さん。改めて自己紹介させてください。私の本当の名前は、沖野・キュリー・春彦です」

「キュリー……？」と、恵一と仁美が声を揃える。

「ええ。私の祖父は、キュリー家の人間です。失礼ですが、マリー・キュリーのことをご存じですか」

「え、ええ、もちろんです」恵一は慌てた様子で頷いた。「ノーベル賞を受賞した、あのキュリー夫人ですよね」

「そうです。彼女はラジウムという元素を研究していました。微量元素には、宇宙の神秘とも言える、崇高で純粋な、強いエネルギーが秘められています。偉大な祖先に一歩でも近づこうと、私も元素の研究をしております。その関係で、ホメオパシーには多少の造詣がありまして」

「そうなんですか。それは素晴らしいですね」

恵一は感心していたが、舞衣は驚愕の眼で沖野の横顔を凝視していた。沖野までが寝言としか思えないことを喋り出した。

知らない間に、本当に異世界に転送されていたのではないだろうか——。その可能性を本気で考えてしまうほど、舞衣は混乱していた。

沖野は運ばれてきたコーヒーを温和な表情で口に運びつつ、ホメオパシーに関する幾つかの知識を、好意的なニュアンスで披露した。

「――とまあ、このようにホメオパシーというのは万能な治療法でして。ところで七瀬さん。今回処方されたレメディは、どの程度の希釈度でしょうか」

「希釈度……」と、恵一が眉間にしわを寄せる。

沖野はスプーンでコーヒーを少量掬い取り、氷水の入ったグラスにそれを落とした。

「レメディを作る時に、元の物質をこんな風に薄めるでしょう？　水で百倍に希釈する作業を、何回繰り返したか、という意味です」

「ああ、その話ですか。高河原先生は、三十回もやったとおっしゃっていましたよ」

「そうですか。30Cか……それで大丈夫かな」

「と、言いますと」

にわかに表情を曇らせた沖野を見て、恵一が不安そうに尋ねる。

「乳癌とひとくくりにしていますが、腫瘍の性質はまちまちでしてね。悪性度の高いものだった場合、より希釈度が高いレメディを使わないと、効果が出ないんです」

「そんな……。高河原先生は、どうしてもっと良い薬を処方してくださらなかったのでしょうか」

「高希釈レメディは非常に高価なんです。最低でも、お支払いになった額の倍はする。七瀬さんたちの懐具合から、なんとか手に届くものを処方したのでしょう。彼にとっても苦渋の選択だったと思いますよ」

仁美は「ああ」と顔を覆って、夫に寄りかかった。

「これでもし効果が出なかったら、もう薬を買うことはできません」

「大丈夫だ。君を死なせやしない。どんな手を使っても、金を準備してみせる」

恵一は声を震わせながら、どんと胸を叩いた。

二人のあまりの醜態に、舞衣は思わず目を逸らしてしまった。まるで喜劇だ。

「もしよろしければ、私がなんとかしましょう」

落ち込む七瀬家の面々を前に、沖野は明るい声で言った。

「お力を貸していただけるのですか」

弾かれたように恵一が顔を上げた。

「ええ。私の知人に、日本でもトップクラスのホメオパスがいます。彼に頼んで、綿密な検査を行った上で、最高のレメディを処方してもらうことにしましょう。しかも、彼は大学病院でホメオパシーを研究しています。実験の一環ですから、無償で処方できるはずです」

沖野は神父のような、慈愛に満ちた笑顔を浮かべていた。こんな表情もできるのか、と舞衣は珍しい鳥に遭遇した時に似た感動を覚えていた。

そこで沖野はふいに真顔に戻り、右手の人差し指を立ててみせた。

「その代わり、一つだけ条件があります。今回処方されたレメディは、決して飲まないでください。レメディを複数服用することは、互いの効果を打ち消し合うことになりますからね。よろしいですか」

沖野は静かに、しかし、威厳を漂わせながらそう告げた。

まるで催眠術に掛かったかのように、恵一と仁美はこくりと頷いた。

恵一と仁美が寄り添って店を出て行くのを見届けて、舞衣は沖野の向かいに座り直した。

「君は同乗しなくてよかったのか」

「すぐそこに駅がありますから、電車で帰ります。それよりさっきのアレ。沖野先生が紹介する知人って、もちろんちゃんとした方ですよね」

「ああ。FBIに拷問されてもホメオパシーなんて言い出さないだろうな」

「まるでゴルゴ13並みの精神力ですねっ」舞衣は上機嫌であった。「それにしても、知りませんでした。先生のミドルネームが『キュリー』だったなんて」

「ん？　ああ、あれは嘘だ。そんなものはない」

沖野は平然と答えて、夕食にと注文したナポリタンをうまそうに口に運んだ。

「なんでそんな嘘をついたんですか」

「それはもちろん、七瀬さんたちに信用してもらうためだ。俺の言葉を信じさせるためには、なるべく強いインパクトを与える必要があるからな」

「それで、ミドルネームをでっち上げたんですか。なら、『アインシュタイン』でも、『ニュートン』でも、なんでも良かったのに」

「……なんとなく、口を衝いて出ただけだ」

「ふーん、そうですか」

舞衣はにんまりと笑った。

「なんだその顔は」

「いえ、口では嫌がっていましたけど、実は『Mr. キュリー』ってアダ名を喜んでいたりして、と思って」

「……馬鹿なことを」

そう呟いて、沖野は気まずそうにナプキンで口元を拭った。

5

四月三十日の昼休み。舞衣は吉報と共に、沖野の元に向かっていた。

理学部一号館の二階に上がり、廊下を奥に進むと、教員室の明かりがついているのが見えた。今日は昼寝をしていないらしい。これなら文句は言われまいと、舞衣は張り切ってドアを開けた。

「こんにちはーっ」

嘘臭い爽やかさをまとった挨拶をかましたところで、舞衣はふと足を止めた。ソファーに掛けた沖野の向かいに、誰かが座っている。来客だ。

「なんだ、ノックもせずに」

沖野は渋い顔で舞衣をじろりと睨む。

「すみません、ぜひお伝えしたいことが……」

「だいたい話の中身は予想がつく。そういう意味では、良いタイミングでやってきたと言えるか。なあ、立花」

名前を呼ばれ、立花と呼ばれた男性が振り返った。

整髪料でがちがちに固められた七三分けの髪型、つぶらで小さな瞳、二つの穴が目立つ上向きの鼻、全体的に丸みを帯びた輪郭。男性の風貌はバカボンにそっくりだった。

舞衣は思わず噴き出しかけていた。

「どなたですか、こちらのバ……」バカボン似の方は、という失礼すぎる言葉を呑み込み、「白衣を着た方は」と舞衣は尋ねた。

「こいつは俺の高校の後輩で、今は四宮大学附属病院に勤めている、れっきとした医師だ。君の叔母さんの検査を担当した張本人だ」

「それはそれは。どうも、叔母がお世話になりました」

舞衣が礼を言うと、立花は「いえいえ、それが仕事ですので」と照れたように笑った。愛想笑いのはずなのに、母性本能をくすぐる幼さがある。声は妙に甲高く、肌ツヤは小学生のそれに等しいが、まさか本当に子供ではあるまい。

舞衣は好奇心に抗いきれず、「失礼ですが、沖野先生とは何学年離れているんですか」と質問をぶつけた。

「一つ下です」

「え、だって……」舞衣は沖野と立花を見比べた。「おかしくないですか?」

「俺は至って普通。おかしいのはこいつの方だ。童顔にもほどがある。こんな見た目だから、病院内ではバカボン先生と呼ばれている」

「表立っては言われてはいませんが」と立花は笑った。

「見た目はともかく、優秀な男だ。君の叔母さんを検査した結果は、一〇〇％正しい。君は、そのことを伝えに来たんだろう」

沖野に促され、舞衣は来訪のそもそもの目的を思い出した。

「はい。先生も結果をご存じなんですね」

「直接やり取りしていたからな。立花、彼女のためにもう一度説明してくれ」

「はい。七瀬仁美さんに対しては、マンモグラフィーと超音波検査をやりましたが、どちらも結果はシロでした。ついでに人間ドックを受診していただきましたが、そちらも問題なし。彼女は完全な健康体です」

そうなのである。仁美は乳癌などではなかったのだ。

舞衣はその事実を恵一から聞いたのだが、当の恵一は電話口でひどく戸惑っていた。妻が乳癌になったと思い込み、落ち込んだ挙句にインチキ薬に手を出したくらいだから、ある意味達観していたのだろう。そこで急に苦境から解放されたものだから、どう喜んでいいか計りかねているらしかった。

しかし、それも一時のこと。癌の恐怖は過ぎ去ったのだ。喜び方など、気持ちが落ち着いてから、たっぷり時間を掛けて考えればいい。

舞衣は笑顔で沖野の隣に腰を下ろした。

「結局、あの高河原って医師の見立てが間違っていたんですね」

「今、ちょうどその話をしていたところだ」

「どうにも不自然なんですよ」立花は腕組みをしている。「誤診をするような、紛らわしい兆候は見当たりませんでした。普通の医師なら、まず間違わないでしょう」

「すなわち、高河原は普通の医者じゃない、と、こう結論づけられる」

「普通じゃないのは最初から分かってますよ。ただの砂糖玉を何百万円って値段で売りつけているんですから」

「ホメオパシーのことですね」立花が悲しげに呟く。「酷い話だ」

「いや、本当に酷いのはここからだ」と、沖野が身を乗り出した。

「おそらく高河原は、すべての来訪者を、とりあえず癌だと診断していたんだろう。小さな診療所だ。職員の目が少なければ、カルテや検査結果の改竄も不可能ではない。そして、本人に偽の診断結果を告げ、ホメオパシーという治療法を紹介する。ここで乗ってくれれば、特効薬としてレメディを処方し、高額な代金をせしめる。一方、食いつきが悪い場合は、堂々と誤診だったと明かす」

「バラしちゃうんですか?」

「俺ならそうする。今はセカンド・オピニオンと言って、複数の医療機関を受診するケースも増えている。よそへ行かれたらどうせバレるんだから、自分から言い出した方がいい。もちろん、患者には慰謝料を払う。誤診は誤診でも、自分が健康体だと分かれば文句を付けにくい。だから、悪い噂が立たずに済んでいるんだろう」

ぬか喜びならぬ、ぬか悲しみである。マイナスからプラスに転じたのであれば、さほど怒りは湧いてこないはずだ。

「なるほど。産み分けのおまじないに似ていますね」と立花が頷いた。

「なんですか、それ」と、舞衣はドクターバカボンに尋ねた。

「宝石でも、音楽でも、食べ物でもなんでもいいんですが、ある特定の手法で男女の産み分けができると言って、妊婦さんからお金をもらうわけです。仮に一万円だとしましょうか。それで、もし望んでいたのと違う性別の子供が生まれた場合は、払った分に何割かを上乗せして返します。これが一万五千円としますね。産み分けが成功する確率は五割ですから、半分の人からは一万円がもらえ、半分の人には五千円を払うことになります。つまり、差額に確率を掛けた二千五百円が、この商売の儲けの期待値になります。仕組みはこれと同じですよ」

「要は、損失を補填するだけの利益があればいいわけだ」と、沖野が立花の話をまとめた。「おそらく、レメディの価格は一定ではないんだろう。行けると判断すれば高く、微妙だと思えば赤字にならないギリギリに設定する。それくらいのことはやっていそうだ。自由診療だからな」

「本当に、ひどい医者です。いえ、もはやただの詐欺師ですっ！」舞衣は恵一と仁美の心労を思って憤慨した。「しかるべきところに訴えてやりましょう！」

すると、沖野と立花は揃ってため息をついた。

「……なんですかそのリアクションは」

「立花に頼んで、調べてもらったんだ。過去、高河原医院に罹った患者が、本当に騙されていたかどうか」

「調査の結果、奇妙な事実が判明しました」立花が沖野の言葉を引き継いだ。「本当に癌が治っていた方がいたんですよ」

「どういうことですか？」と舞衣は首をかしげた。

「ちょうど七瀬仁美さんとは逆のケースでして。ウチの病院で癌と診断された人が、手術を嫌って、レメディを処方してもらうために高河原さんのところに行ったそうなんです。それから半年近くしてから、その患者さんが別の病気で大学病院に来たんですが、腫瘍が完全に消えていたんです」

「それって、あれじゃないですか、プラセボ効果」

「薬と無関係に、自然に治ってしまった、ということですね。僕もそれは考えました。可能性は、ゼロではないでしょうが……」

「確かに人間には治癒力が備わっている。しかし、単純に奇跡だと捉えていいのか。問題はそこだな」

沖野は足を組んで、ふーっと長く息を吐き出した。

「なあ、立花。お前、岩城のことを覚えてるか。俺と同級だったヤツだ」

「ええ。覚えているどころか、僕は最近、岩城さんと会っています。あの人は、製薬ベンチャーで開発担当をやっていますから。僕のところに何度か挨拶に来てくれました。岩城さんがどうかしましたか」

「アイツが、高河原医院にいたんだ。それがどうも引っ掛かってな。挨拶回りに行く価値があるとは思えないんだが」

「どうなんでしょう。とりあえず顔を出したという可能性も……」

「それなら、いいんだがな」

そうは言ったものの、沖野の表情はすぐれない。舞衣はその様子から、彼が納得していないことを感じ取っていた。

心根を読み取ってやろうと思い、舞衣は沖野の瞳をじっと見つめた。視線に気づき、沖野が「なんだ」と怪訝そうな顔をする。

「もしかして、真相に気づいちゃったりしてませんか」

沖野は嘆息して、天井の電灯を見上げた。

「……真実かどうかは分からないが、仮説はある。できれば現実になってもらいたくない、気味の悪い仮説がな」

舞衣は唾を呑んで、沖野の次なる言葉を待った。しかし、沖野はソファーに仰け反ったまま黙っている。

「どうしたんですか。教えてくださいよ、その仮説とやらを」

「いや、さすがに時期尚早だ。今はまだ妄想に過ぎないからな。ただ、調べる手段はある。まずは、君の叔母上と連携を取って、支払ったレメディ代を取り戻さないとな」

「あ、そうでした。先生のさっきの推測が正しければ、全額返してくれる可能性もありますよね。誤診なわけですから」

「可能性じゃなく、耳を揃えてキッチリ取り立てるんだ。七瀬さんに連絡して、毅然とした態度で話をするように言ってくれ」

「それはさすがに酷ですよ。騙されるくらい優しい人たちですから」

「じゃあ、誰か代わりを……」

「私がやります」舞衣はすかさず手を挙げた。「私は怒っているんです」

「そうか。では、ついでに一つ頼まれてほしい。高河原との交渉の前に、処方されたレメディを俺のところに持ってきてくれ」

「それは構いませんが……何に使うんですか？」

「分析用に、少し削り取っておく。それと、立花」

「なんでしょうか」

「もう一度、癌が治った患者に連絡を取ってくれ。そっちのレメディも調べてみたい。残っているかどうかは賭けだが」

「分かりました。訊くだけ訊いてみます」

「あの、せんせー」授業で質問をする小学生のように、舞衣はまっすぐ手を挙げた。「レメディを調べてどうするんですか？　めちゃくちゃ希釈してる、って話でしたけど、レメディを作るのに使った原料を検出できるんですか」

分かっている、というように、沖野は鷹揚に頷いた。

「普通なら無理だ。百倍希釈を三十回やれば、濃度は十の六十乗分の一になる。元の物質は一分子も残っていないだろう。普通のレメディなら、な」

6

五月三日、憲法記念日。舞衣は単身、高河原医院を訪れていた。

すでに来意は告げてある。待合室に足を踏み入れると、薄笑いを浮かべた高河原がソファーから立ち上がって舞衣を出迎えた。患者や職員の姿はない。

「時間通りですね。なんでも、ぜひ話したいことがあるとか。もしかして、乳癌ではないかと心配になりましたか。検査ならいつでもウェルカムですよ」

　検査の様子を想像した瞬間、両腕にびっしりと鳥肌が立った。この男に乳房を見られたり触られたりするくらいなら、永遠に外れない鉄のブラジャーを装着する方がずっとマシだ。少なくとも貞操(ていそう)は守られる。

「あいにく、私は健康です。いえ、私だけじゃありません。叔母もすこぶる健康です」

「……ほう」高河原はすっと目を細めた。「面白いことを言う人だ」

「冗談や強がりではありません。叔母は大学病院で検査を受けました。癌なんて、体のどこにも見つからなかったそうです。これって、誤診ですよね」

「大学病院のレベルもずいぶん落ちたようだ。腫瘍を見落とすとは」

「ふざけないでください」怒りで声が震えた。「誤診をしたのはあなたです」

「七瀬さんたちはどうおっしゃっているんですか。私の診断を信じていないのですか」

「当然です」と、舞衣は強く頷いた。立花の根気強い説明により、恵一も仁美もホメオパシーの呪縛(じゅばく)から解放された。高河原の言葉に惑(まど)わされることは二度とないだろう。

「……意外です。よく、他の病院に連れて行けましたね」

「説得が得意な知り合いがいるもので」

「彼らなら、私の治療法に理解を示してくれると思ったのですが。残念です」

「理解ではなく、洗脳でしょう。あなたは心の弱った患者に甘い言葉を囁(ささや)きかけ、ホメオパシーを信じるように誘導したんです」

「捉え方の問題でしょう、それは。いいものをいいと言って紹介する。それのどこがいけないんですか」

　高河原は依然として笑みを頬に張り付け続けている。

「本当は、癌じゃないことを知っていたんでしょう。それなのに、あなたは嘘の診断結果を告げた。これは捏造です。偽のカルテや検査画像を作ったんです」

「そんなことはしていませんよ」

「じゃあ、記録を見せてください」

「開示請求ですか。患者さん本人の許可があれば構いませんよ。記録の確認が必要なので、少し日数をいただきますが。ただ……」

「ただ、何ですか」

「私は整理整頓が下手でしてね。もしかしたら、見つからないかもしれません」

　舞衣は高河原の口ぶりに不吉な気配を嗅ぎとった。

　もし、故意に記録を廃棄されたら。記録の改竄と紛失、どちらがより重罪なのかは分からないが、高河原が余裕を保っていることを考えれば、致命的なダメージにならない対処法があるのだろう。

　相手は周到にクレーム対策を練っている。だが、ここで怯むわけにはいかない。舞衣は終わりの見えない論争を中断し、本来の目的を果たすべく、自分を奮い立たせた。

「単刀直入に言います。叔父たちが払った薬剤費を返してもらえませんか」

「そうおっしゃると思っていましたよ」高河原は悠然と言った。「ご迷惑をお掛けしたのは事実ですからね。お支払いいただいた分に、こちらの『誠意』を合わせて、速やかに対応させていただきましょう」

「……そうですか」

希望はあると思っていたが、こうもあっけなく返金に応じるとは。クレームを付けてきた相手は、金を摑ませて黙らせる。やはり、沖野の予測は当たっていたのだ。高河原は日常的に「誤診」を繰り返しているに違いない。

「こちらの要求を聞き入れていただき、ありがとうございました。でも、悪どいことは早めに止めておいた方がいいですよ」

高河原は嘲(あざけ)るように低く笑った。

「ご心配していただき光栄ですが、その要求は聞き入れられませんね。私は、私の治療の素晴らしさを、世界の誰よりも理解していますから」

もはや、言葉を重ねる必要はない。詐欺であれ本気であれ、高河原の言い分は理解できるものではない。

舞衣は「失礼します」とだけ言って、高河原医院をあとにした。

敷地から通りに出たところで、舞衣は思わぬ人物に遭遇した。

「君は確か……沖野の大学の事務員さんだったか」

「こんにちは」

岩城は今日は私服姿だった。

「この間の患者さんは」と、岩城は軽く辺りを見回す。

「今日は私だけです。高河原医院には、もう通う必要はありませんから」

「……他の病院で検査を受けたのか」

「そうです。叔母は癌なんかじゃありませんでしたよ」

「……さすがは沖野だな。こうなる気はしていたよ」岩城は眩しそうに顔をしかめた。

「君は、沖野とどういう関係なのかな」

「どういうって。ただ、協力をお願いしただけです」

「協力、ね。一体どんな手を使えば、アイツを引っ張り出せるんだろう」

「……意味がよく分かりませんが」

「気づいているだろうが、沖野はかなりの偏屈だ。研究バカと言ってもいいかな。多少頼んだところで、素直に応じてくれるとは思えない。だから、君に何か特別な感情を持っているのかと思ったんだがね」

舞衣は慌てて首を振った。

「私がしつこくお願いしたからですよ」

「そうかな。まあ、アイツをよろしく頼むよ。いつまでも独身じゃあ、研究もはかどらないだろう」

「よろしく対応できるかどうかは分かりませんが、必要があれば、何度でもコンタクトを取ります」

「それでいいと思う。そのうち、向こうももっと心を開くだろう」

「野生動物みたいですね」

「まさしく」と、岩城は苦笑した。

「逆にお尋ねしますが、岩城さんは、沖野先生とは、どういう関係なんですか」

「高校の時、三年間同じクラスだったんだ。成績上位者を集めて作った特進クラスがあって、そこでしのぎを削った、という感じかな。文系科目は自分の方が勝っていたが、理系科目はアイツの方が遥かに上だった」

「イメージ通りの青春ですね。ただ、制服姿は想像できないですけど」

「アイツは背が高くてスタイルがいいからな。詰襟が似合っていたよ」

岩城は懐かしそうに言って、舞衣の脇を通り過ぎようとした。その足は、高河原医院へと向かっている。

「今日は、仕事ではないんですよね。こちらにどういったご用件が」

「大したことじゃないよ。近くまで来たから、寄ってみただけだ」

「ここの病院は、レメディを売りつけるために、診察結果を捏造しています。岩城さんは、そのことをご存じないんですか」

「……ホメオパシーが『売り』だということは知っている。ただ、治療方針については、自分は関知していない。時々寄っているのは、世間話をするためだ。相手がどんな人間であれ、雑談くらいは許されるだろう」

言葉とはうらはらに、岩城は気まずそうに視線を逸らした。何かを隠している、と舞衣は感じていたが、それを引き出すだけの手札の持ち合わせがなかった。

「もういいかな」

岩城がその場を立ち去りかけた時、微かな振動音が聞こえた。岩城は足を止め、ジャケットのポケットから携帯電話を取り出した。

「おっと。噂をすれば、というやつかな。沖野からだ」

岩城は笑顔で言って、携帯電話を耳に当てた。

「珍しいな、電話なんて」

そう切り出して以降、岩城は簡単な相づちを打つだけで、じっと沖野の言葉に耳を傾けていた。沖野の話す声は聞こえない。しかし、やり取りを重ねるうち、岩城の表情は険しさを増していった。

「――分かった。今から行く」

その言葉を最後に、岩城は電話を切った。舞衣に視線を向け、「大学にいるそうだ。これから、会いに行くよ」と、さばさばした様子で言う。

おそらく、沖野が言っていた『仮説』についての話だろう。

真相を知らずに帰る気にはなれなかった。舞衣は岩城を呼び止め、大学まで同行したいと申し出た。

7

舞衣が岩城と一緒にいるのを見て、「どうして君がここに」と沖野は顔をしかめた。

「たまたま、高河原医院の近くでお会いしたんです」

「それで、図々しく付いてきたわけか」

教員室のソファーに腰を下ろし、沖野はため息をついた。

「これから大事な話をするんでしょう」

「そうだ」沖野がしかつめらしく頷く。「君がいなければ、という前提付きだが」

「いいじゃないか、沖野。同席してもらっても」

岩城がそっと舞衣の肩に触れた。

「よくない。俺はこれから、お前のやったことを暴くつもりなんだぞ」

「構わないさ。真の悪事であれば、どうせ世間に知れることになる。それなら、今ここで聞いてもらっても変わらない。それに、彼女はお前に興味を持ってくれている。いいところを見せるチャンスだぞ」

舞衣はここぞとばかりに沖野の隣に素早く座った。

「見たいです、いいところ」

「なかなかお似合いだ」

岩城は笑顔で向かいのソファーに腰を下ろした。沖野は咳払いをして、舞衣と触れ合わないように、座る位置を微妙に調整した。

「どうにも締まらないが……まあいい。彼女がいた方が、確かに空気が重くならずに済む。ぬいぐるみが置いてあると思って諦める」

「等身大だな」と岩城が相づちを打つ。

「では、ぬいぐるみらしく、黙ってお話を拝聴します」

舞衣は膝に手を置いた姿勢で、背筋をぴんと伸ばした。

「で、どんな話を聞かせてもらえるんだ」

「お前が勤めているハイジア製薬のことを、少し調べてみた。抗癌剤の研究開発に特化しているようだな」

「そうだ。ただ、自社だけで開発できるほどの資金はないから、薬の『種』探しがメインだけどな」

「臨床試験というのは、大層金が掛かるらしいな。だが、名の知れた大手製薬企業と、順調に共同研究開発契約を結んでいるじゃないか」

岩城は自信みなぎる表情で頷いた。

「手前味噌(みそ)になるが、研究力には自信がある」

「お前は本物の抗癌剤を手掛けている。それなのに、あんな妙な医者と会う必要があるのか」

「そこの彼女にも訊かれたよ。あくまで世間話だ。それ以上でもそれ以下でもない」

そうか、と呟いて、沖野は数枚の紙をガラステーブルに広げた。歯の抜けた櫛(くし)のように、まっすぐな一本のラインから、何本かの線が立ち上がっている。

「これは、液体クロマトグラフ質量分析(LC-MS)という分析法のチャートだ。このピークの一つ一つが、試料中に含まれる物質に相当する。この手法で、高河原が処方したレメディを分析してみた。七瀬さんだけじゃない。高河原の治療で本当に癌が治ったという患者のレメディも調べた」

岩城は眉間に深いしわを寄せた。

「……よく残っていたな、そんなものが」

「立花のことは知っているな。アイツに頼んで調べてもらった。高河原は、患者が飲み残したレメディを全部回収していたらしいが、その患者は、わざと一粒だけ手元に残しておいたそうだ。なぜか分かるか」

「……いや」

「おまじないだそうだ。願いを込めて、レメディを大切に保管していた。二度と癌になりませんように、ってな。それほどまでに、ホメオパシーに感動したということだ。何か、感じるところがあるんじゃないのか」

「ノーコメントだ」と、岩城は目を伏せた。

「……まあいい。とにかく、二種類のレメディを分析した。そうしたら、非常に興味深い結果が得られた。七瀬仁美さんに処方されたレメディは、ただのショ糖の塊だった。一方、癌が治った患者のレメディからは、正体不明のピークが検出された」

沖野はLC－MSのチャートを指差した。

「通常、ホメオパシーでは元の物質を希釈すればするほど、効果が高くなるとされている。それなのに、実際に効いたレメディには、高い濃度で、糖分ではない『何か』が含まれていた。興味が湧いたんでね。より詳細に分析してみた」

沖野が封筒から取り出した紙には、幾何学模様とアルファベットで構成された図形が描かれていた。化学構造式だ。舞衣は高校時代の化学の授業を思い出した。

「これが謎の物質の正体だ。この構造に、見覚えがあるんじゃないか」

沖野の問い掛けに、岩城は無言をもって答えた。追い打ちを掛けるように、沖野が次の資料をテーブルに置く。

「この化合物を、オンラインの特許検索ツールで調べた。見事にヒットしたのが、この特許だ。出願者は、ハイジア製薬となっている」

岩城は依然として黙っていた。

「それって、どういうことですか」と、舞衣はこらえきれずに口を挟んだ。

「君は、臨床試験の仕組みを知っているか」

「漠然と、ですけど。患者さんを集めて、薬を飲んでもらって、効果のあるなしを判断するんですよね」

「基本はそうだ。健常人で体内動態を確認し、それから、実際の患者を集めて投与試験を行う。抗癌剤の場合は多少事情が違うが、肝心なのは、患者を集めるのに金が掛かるということだ。報酬を出さなければ、誰も参加してくれないからな。大企業ならともかく、ベンチャー企業には相当な負担になる。しかも、試した医薬品が期待通りの結果を出すという保証もない。安全上、仕方がないことではあるが、効率的とは言いがたいのが実情だ」

沖野はそこでいったん言葉を切って、鋭い視線を古くからの友人に向けた。

「お前は、昔からせっかちだったな。よく覚えているよ。お前はいつでも、学校が決めた通学路を無視して、駅からの最短ルートを使っていた。教師に注意されても、そっちが近いんだ、の一点張りだったな」

　昔を思い出したのか、岩城はふっと頬を緩めた。

「あれは学校が狭量だったんだ。風俗店が並んでるからってだけで、無理やり遠回りさせるんだからな」

「ルールをねじ曲げてでも、合理性を重んじる、か。……今でもその性格は変わっていないようだな。だが、お前は禁忌(きんき)を犯した」

　岩城は沖野の視線を正面から受け止めた。

「麻薬と同じだよ。あの興奮を一度味わってしまうと、もう後戻りはできなかった」

「最初に言い出したのはどっちだ。お前か、それとも高河原か」

「向こうだ。……ホメオパシー専門医だとは知らずに、偶然挨拶に立ち寄ったのがきっかけだった。おそらく、以前から暖めていたアイディアだったんだろう」

「そうか」

　語るべきことは語り尽くしたとばかりに、二人はそこでふいに黙り込んでしまう。

　舞衣はたまらず、沖野の白衣の裾(すそ)を引っ張った。

「先生。まだ説明が途中ですよ。高河原医院では、一体何が行われていたんですか」

沖野は何かの感情を捨てるように、深い吐息を漏らした。

「……健康な患者を癌だと偽って、レメディを処方する。これは前に説明した通りだ。では、本当の癌患者がやってきた場合はどうするか。やることは同じだ。ホメオパシーを信じさせ、自分で調合したレメディを売りつける。だが、中身はただの砂糖玉じゃない。岩城たちが作った、癌に効く可能性を秘めた化合物を含むレメディを与えたんだ。言ってみれば、闇(やみ)臨床試験だな」

「じゃあ、癌が治った患者さんって」

「薬の効果が出たんだ」と沖野は頷いた。

「このやり方のメリットは大きい。正当な報酬を払わずに済む上に、研究中の化合物の効果をヒトで試すことができる。期待通りの活性が見られれば、胸を張って共同研究先に売り込める。もちろん、患者に投与したことは伏せるだろうが」

「薬が効かなかった場合は……」

「その時は、まともな病院を紹介することになっていた」吹っ切れた顔で岩城が言った。

「レメディを投与された癌患者のリストは控えてある。追跡調査をすれば、裁判を起こすのに充分な証拠が集まるだろう」

「……いいのか？　お前の会社、間違いなく潰れるぞ」

「会社がなくなっても、開発中の化合物は生き残る。活性は本物だからな。他の社員には迷惑が掛かるが……なんとか、転職できるように手を尽くすよ。今回の一件は、自分一人でやったことだからな」

岩城は清々しい表情で立ち上がった。

「どこへ行くんだ」

「これから会社に顔を出す。休みだが、みんな仕事をしてるはずだ」

「なら、俺も行こう。お前を一人にして、万が一のことがあっては困る」

「自殺をするとでも？」

「お前はせっかちだからな」沖野は小さく笑って、舞衣に目を向けた。「君、車の免許があるんだったな。運転はできるのか」

「え、あ、はい。時々父の車で練習してるので」

「悪いが運転手役を引き受けてくれ。こいつに車を運転させて、川にでもダイブされたらえらいことだからな」

なら、タクシーを呼べばいいのに。そう思ったが、舞衣は口には出さなかった。事件の顛末を見届けたかったし、おそらく沖野はそのチャンスを与えてくれたのだ。

——会社まで送り届けた帰りに、食事に誘ってみようかな。初任給も全額無事に振り込まれたことだし。

そんなことを考えながら、舞衣は二人とともに教員室をあとにした。

第三話

化学探偵と
人体発火の秘密

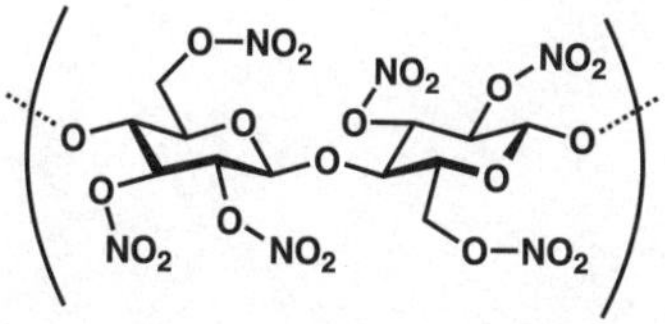

1

白鳥康弘はため息をついて、手にしていたグラスをテーブルに戻した。

眼前では、理学部の学部長が長々とスピーチを続けている。すでに十五分は経過しただろうか。四宮大学が、今後いかにして科学界の発展に貢献できるのかを、滔々と、しかし中身のない言葉で喋っている。メッセージを伝えることそのものより、口を動かし、声を出すことに主眼が置かれているのでは、と疑いたくなるほど薄っぺらい。

白鳥はうんざりしながら、辺りのテーブルに目を向けた。

パーティといっても、所詮は講演会のあとの懇親会だ。参加者は三十人もいない。会場も、普段は会議室として使っている二十畳ほどの部屋に数脚の机を並べただけ。ちょっと規模の大きなホームパーティといった趣である。

少しでも華やぐようにと、テーブルの中央には造花が飾られた花瓶が据えられ、その周囲にガラス容器に入ったキャンドルが並んでいる。テーブルクロスの白さをバックにすると、炎の色合いがよく分かる。

そこで、白鳥は右隣のテーブルに視線を転じた。

この懇親会のメインゲストで、白鳥の恩師である松宮教授は、リラックスした様子で学部長の話に耳を傾けている。

　松宮が四宮大学から東京科学大学に移って早五年。四捨五入すると六十歳になるが、松宮の外見は実年齢より十は若く見える。黒々とした豊かな髪の成せる業だろう。

　松宮のすぐそばに、妻の三奈子(みなこ)が寄り添っている。薄水色のワンピースに、桃色のニット地カーディガンという落ち着いた装いだ。深窓(しんそう)の佳人(かじん)を連想させる、たおやかな横顔が眩(まぶ)しい。

　二人が結婚して三年。いわゆる年の差婚で、三奈子はまだ三十歳だ。元々研究室の秘書だったのを、松宮が必死で口説(くど)き落としたという話だが、彼女を見るたびに、むべなるかなと頷(うなず)かされる。

　と、その時、松宮がふいに頭を巡らせた。白鳥と視線がぶつかると、松宮は鷹揚(おうよう)に頷いてみせた。退屈なのはよく分かる、とその目が語っているように見えた。

　心の中を見透かされたような気になり、白鳥はよそ見を止(や)めて、喋り続けている学部長に顔を向けた。

　声にならない二人のやり取りを感知したわけではないだろうが、ようやく学部長は空虚なスピーチのまとめに入った。

「——とまあ、我々四宮大学理学部が果たすべき役割は、非常に多岐(たき)にわたるわけであります。えー、では、最後に、松宮先生に今後の抱負を語っていただきましょう」

マイクを手に、学部長が松宮に近づいていく。松宮は穏やかな表情でマイクを受け取ると、二、三歩動き、全員が見渡せる位置に立った。

「本日は、私のために斯様な懇親会を開いていただき、誠に恐悦至極に存じます。これまでの三十年あまりに及ぶ研究生活、精一杯走り続けて参りましたが、こうして結果を残せたのは、本日お集まりいただいた皆様のお力添えがあってのことだと存じます」

松宮はそこで言葉を切り、妻の三奈子に目を向けた。君の支えが一番大きかった、とでも言いたいのだろう。

しばらく三奈子と見つめ合ってから、松宮は再び喋り始めた。

「抱負を述べよ、ということですが、長く研究を続け過ぎたせいでしょうか。私も、最近は多少疲れを感じるようになって参りました。これは、連れ添ってくれた妻に恩返しをする時期が来ているのだと、神様がおっしゃっているのやもしれません。皆様の期待を裏切ることになりますが、この辺で表舞台からは身を引こうかと考えております」

ざわっ、と会場全体に動揺が走った。

「おいおい」「マジか」「もったいない」

白鳥の目の前にいた教授たちが口々に驚きを表す。白鳥も面食らっていた。まさか、こんなところで引退宣言をするとは。

研究者を辞めることを公にしていなかったらしく、会場のざわめきはなかなか収まらない。だが、爆弾発言をした当の本人に慌てた様子はない。真剣な面持ちでまっすぐ正面を見つめているばかりだ。どこか達観しているようにも見える。

ようやくどよめきが収まった頃合いを見計らって、松宮が再びスピーチを始めた。

「申し訳ない。皆様を驚かせるつもりはありませんでした。ただ、どこかでこのことをお伝えしなければならないと、以前から考えておりました。今日の講演会、私は自分なりに、これまでの研究成果を報告できたと考えております。ですから、懇親会の場で自分の意志をお伝えできたことは、私にとっては光栄の極みであります」

なんとなく、プロスポーツ選手の引退セレモニーに似ているな、と思いながら、白鳥は松宮の言葉を聞いていた。舞台を去る時の反響の大きさは、本人の偉大さを示すバロメーターだ。彼の残した成果を考えれば、それも当然だろう。

松宮はマイクに向かって、静かに語り続ける。

「幸い、私は後進に恵まれました。私が種を植え、まがりなりにも育ててきた研究を引き継ぎ、よりよい形で発展させていってくれるでしょう。彼らが将来、どんな素晴らしい成果を実らせるのか、今から楽しみでしょうがありません」

先程は動揺を露にしていた教授陣が、今度は何度も頷いている。名スピーチを聞く機会に恵まれた幸運に感動しているに違いない。

「最後にもう一度、お世話になった皆様に御礼を申し上げたいと思います。長い間、未熟な私を支えてくださり、本当にありがとうございました。お会いする機会は少なくなるとは思いますが、どこぞこれからも、ご指導ご鞭撻のほど、何卒よろしくお願いいたします」

松宮は決然と言い切り、感謝の意を表すために一礼しようとした。

その時である。

白鳥は間近で、ガラスが砕け散る音を聞いた。

反射的に腕の筋肉がこわばり、白鳥は思わず手を握り締めた。

音の出処を探ろうと顔を動かしかけたその刹那、白鳥は眩しい炎が燃え上がるのを目撃した。

――まさか。

白鳥は我が目を疑ったが、それは幻覚ではなかった。炎は、間違いなく、すぐ目の前に顕現していた。

燃えていたのは、松宮の頭部だった。

会場内にいた誰もが、突然起こった奇怪な現象に立ち尽くしていた。

次の瞬間、不気味な静寂を切り裂くように、三奈子が甲高い叫び声を上げた。その声で白鳥はいち早く我に返り、間近にあった消火器を手に取った。

松宮がくぐもった声で呻いて、床に倒れ込む。三奈子が再び叫ぶ。動揺が周囲に広がっていく。白鳥はそれに構わず、安全ピンを抜いて、ホースの先を恩師の頭部に定めると、何の躊躇もなくレバーを握った。

激しい噴出音と同時に、消火剤が激しく舞い上がる。

火はほんの一瞬で掻き消えた。だが、松宮の頭部が消火剤に包み込まれるまで、白鳥はレバーを握り続けた。

2

舞衣が庶務課に配属になって、ひと月が経過した。

五月と新人。二つのキーワードから連想される答えといえば、五月病である。新しい環境への適応に失敗したり、職場の雰囲気が理想と違っていて失望したりと、心の不調に陥る原因はいくつかある。しかし、舞衣はすこぶる元気であった。好奇心をくすぐられる事件に何度も遭遇したからである。

そんな環境にいる舞衣ではあったが、その朝の彼女は、どこかぼんやりした様子でキャンパス内を歩いていた。

――あれはどういうことだったのだろう。

舞衣の脳裏には、前日の夜に目撃したシーンがこびりついていた。忘れようとすればするほど、鮮明に浮かんでくる、非現実的な光景。あまりにインパクトが強かったために、夢にまで見てしまった。完全に悪夢である。

トラウマにならなきゃいいけど、と心配しながら庶務課の事務室に顔を出すと、「そんな」と呟く声が聞こえてきた。

声の出処は、電話対応中の猫柳だった。健康的とは言いがたい顔色をますます白くさせながら、見えない相手に向かってしきりに頭を下げる様子から、舞衣は不吉な気配を感じ取った。

いくつかのやり取りを重ねて受話器を置き、猫柳は深いため息をついた。

舞衣は恐る恐る上司に近づき、「おはようございます」と声を掛けた。

「……ああ、七瀬さん。おはようございます」

「どうかしたんですか」

「理学部の学部長からのお電話でした。……昨夜の一件についてです」

ああ、と舞衣は我知らず声を漏らしていた。

理学部の会議室で行われた懇親会。舞衣は会場設営・撤収係として参加していた。そして、目撃してしまったのだ。松宮の頭部が燃え上がる様を。

何の前触れもなく、突如として出現した炎は、終わりを迎えようとしていた会場を、混乱の渦に叩き込んだ。といっても、パニックになったのは頭の中だけで、実際は、ほとんどの人間が何の行動も起こせないままその場に立ち尽くしていた。

冷静かつ的確に動けたのは、松宮の教え子である白鳥准教授だけだった。彼が素早く消火活動を行ったおかげで、火はすぐに消し止められた。上半身が粉まみれになったが、燃えたのは頭部だけだったようだ。松宮はタンカも使わずに、自分の足で大学病院に向かったと聞いている。

「その後、松宮先生のご容態はいかがですか」

「たまたま、懇意にしている医師が当直だったそうで、すぐに対応してもらえたそうです。頭部にやけどがあるため、しばらく入院するとのことでした」

「そうですか。不幸中の幸い、って感じですね」

「ええ、最悪の事態は回避されたのですが……」猫柳は弱々しく首を振った。「問題は、どうして髪が燃えたか、ということです」

「原因が分かったんですか?」

猫柳は難しい顔で頷いた。

「松宮先生が挨拶を終え、一礼しようとした時に頭から火が出たのだから、テーブルの上のキャンドルが原因に決まっている——と学部長はおっしゃっています」

舞衣は会場の様子を頭の中に描き出した。子供の握りこぶしほどの大きさのガラス容器に、太くて短いろうそくを入れたものが、各テーブルに二つずつ置かれていた。

「ああ、なるほど。そういえばありましたね」

「問題は、そこなんですよ。誰があんなものを置いたのかと、学部長が激怒されているんです。私は設営には参加していませんが……七瀬さんですか？」

「いえ、私じゃありませんっ」舞衣は慌てて手を振った。「私が会議室に入った時には、すでにテーブルに並んでました。火はついてませんでしたけど」

「それなら、設営を手伝ってくれた理学部の学生が置いたんでしょう。火を入れたのは誰か分かりますか」

舞衣は一瞬言葉に詰まったが、「……それは、私です」と、正直に事実を告げた。

「会が始まる直前につけました。ついてないのも変だし、おあつらえ向きに点火用のライターも置いてありましたし、一応、気を利かせて」

「大変残念ですが、心遣い（こころづか）が裏目に出たようです」

猫柳は悲しげな瞳（ひとみ）で舞衣を見ていた。

――これ、売られていく仔牛（こうし）を見る時の目だ！

大波のように襲（おそ）ってきた強烈な危機感に抗（あらが）いきれず、舞衣はバランスを崩し、よろよろと近くの机に手を突いた。

「責任を……取らなきゃダメですか」

「学部長は大層お怒りですが、まだ、そういう話にはなっていません。まずは、被害に遭われた松宮先生がどう考えておられるかを確認しなければいけません。先生の回復を待って対応を考えましょう」

舞衣は暗澹たる気持ちで「……ふぁい」と力なく頷いた。

「あのーっ」

聞こえた声に顔を上げると、事務室の入口のところに、小柄でふくよかな女子学生の姿があった。

「はい、何かご用ですか」

猫柳が尋ねると、彼女は「七瀬さんという方はいらっしゃいますか」と、遊園地のマスコットキャラクターのような仕草で、きょろきょろと室内を見回した。

「……七瀬は私ですけど」

力なく手を上げた舞衣を見て、彼女は破顔した。

「初めまして。理学部四年の藤丸と申します。是非、お話ししたいことがありまして、こうしてやってきました」

藤丸は戸惑う舞衣を事務室から引っ張り出すと、近くにあった会議室に勝手に入っていく。

「あの、藤丸さん。わざわざこんなところに来なくても」

「いえ、ダメです。あんな、人がいっぱいいるところで話せる内容じゃありません」

　小鼻を膨らませて、藤丸はテーブルに着いた。彼女の強硬な態度に引っ張られるように、舞衣は藤丸の向かいに腰を下ろした。

「今、仕事中なんですけど」

「それどころじゃないですよ。一刻も早く、謎の解決に協力してもらいたいんです」

「解決と言われても……そもそも、どうして私に話を？」

「仁川さんの遺言に従って、こちらに参りました」

「仁川って……ああ、オカルトサークルの」

　舞衣は四月上旬に会った、妙に眉毛の濃い大学院生のことを思い出した。確か、SOSとかいう、不吉な名前のサークルに所属していたはずだ。ん？　遺言……？

「亡くなったんですか、あの方」

「いえ、ぴんぴんしてます。ただ、前回の一件で迷走を重ねた責任を取って、仁川さんはサークルから完全に引退しました。その代わり、彼は去り際に、大切なアドバイスを残していってくれました。大学内で奇妙な事件が起こった場合は、庶務課の七瀬さんに会いに行け。彼女なら、きっとどんな謎でもたちどころに解いてしまうだろう――それが仁川さんの『遺言』です」

　舞衣は声にならない呻き声を漏らした。事件のあと、ちゃんと説明をしなかったばかりに、有能アドバイザーに祭り上げられてしまった。勝手に神格化されることが、悪しざまに罵(ののし)られるより辛(つら)いことに舞衣は初めて気づいた。

　ともかく、訪ねてきてしまったからには無下(むげ)には追い返せない。とりあえず、話を聞いてみることにした。

「それで、謎っていうのはなんなんですか」

「もちろん、昨夜の人体発火現象ですよ」

　藤丸は瞳を輝かせながら言う。

「……どうしてそのことを知っているんですか」

「懇親会を主催したのはウチの研究室ですから。それに、わたし自身も参加していましたし。あれは紛(まぎ)れもない超常現象です！」

「いえ、事故ですよ」と舞衣は冷静に否定した。「松宮先生がお辞儀(じぎ)をした時に、テーブルに置いてあったろうそくの炎が髪に引火したんです」

　私の余計な気配りのせいで、と舞衣は心の中で付け加えた。

「それは間違った解釈です」

　藤丸は自信満々に断言した。

「なんでそう言い切れるんですか」

「七瀬さんも、あの場にいましたよね。発火の瞬間を見ましたか？」

「いえ、よそ見をしていたので」と舞衣は首を振る。

「わたしも同じです。火が出た瞬間は見てません。だから、驚きはしましたけど、超常現象とまでは思いませんでした。――これを見るまでは」

藤丸は持参したバッグから、ノートパソコンを取り出した。

「会場の隅に、三脚に固定したビデオカメラがあったのを覚えていますか？　研究室のホームページに載せるために、動画を撮影していたんです。この映像を見れば、わたしが『超常現象』と言った理由が分かると思います」

藤丸はB5サイズのノートパソコンを開くと、すぐさま件の動画の再生を始めた。

舞衣は半信半疑で映像を眺めていたが、松宮の頭部が燃え上がったシーンに差し掛かった瞬間、思わず身を乗り出していた。

一二インチの液晶画面には、奇妙な光景が鮮明に映し出されていた。

3

昼休みである。理学部一号館である。舞衣はまたしても、沖野の元を訪れていた。

寝ているところを起こすと機嫌が悪くなるのは目に見えていたので、昼休みが始まると同時に、舞衣は教員室に突入した。予想通り沖野はちゃんと起きていて、一人でカレーパンを頬張っていた。

「こんにちは。それ、お昼ごはんですか」

「見れば分かるだろう」と言って、沖野はカレーパンの残りを口に放り込んだ。「余計なイントロダクションはいらないから、さっさと本題に取り掛かってもらえないか。まさか、俺と一緒にランチを食べに来たわけじゃないだろう」

「あ、名案かもしれないです、それ。もし沖野先生がお望みでしたら、毎日来てもいいですよ」

「勘弁してくれ」沖野はパンの袋をぐしゃりと握り潰した。「俺は、一人で食事をするのが好きなんだ」

「わー、さみし。いいんですか、そんなので。学生さんと毎日お話ししてますか？ 避けられたりしてません？」

「余計な心配ありがとう。俺は、学生にべったり干渉するタイプじゃない。研究のディスカッションを通して意思疎通は図れている。君にアドバイスをもらうほど落ちぶれちゃいないつもりだ」

「へいへい、私の意見はいつでも下の下ですよ、っと」

舞衣はふてくされながら、来客用のソファーに腰を下ろした。

「さ、先生。そっちに座ってください。私とコミュニケーションを取りましょう」

舞衣は手招きをしたが、沖野は自分の席から動こうとしない。

「コミュニケーション、か……。化学の話ならウェルカムだが、どうせ、また厄介な事件を持ってきたんだろう。俺は便利屋じゃないんだぞ」

「でも、化学の専門家なんですよね」舞衣は不敵に笑ってみせた。「先生は、世の中に不思議議なことはない、って考える、ステロタイプな研究者ですか」

「なんだ、唐突に」

「いいから答えてくださいよ」

「質問の意図を明確にしてくれ。最低限、『不思議なこと』を定義してくれないと答えようがない」

「面倒臭い人ですね」

「面倒で結構。それがサイエンスの正しい思考法だ」

「じゃあ、単刀直入に言いますよ。人体発火現象を解明できますか」

「……また突拍子もないことを」さすがの沖野も面食らったようだった。「もっと分かりやすく話をしてくれ。良いプレゼンテーションというのは、最初に伝えたい内容を打ち出すものだ」

「そのリアクションからすると、昨日の一件をご存じないみたいですね」

「学会出張で四宮を離れていたからな。何かあったのか？」

舞衣はほのかな優越感を味わいながら、自身が目撃した人体発火現象について事細かに説明した。

「そんなことがあったのか……」と、沖野は神妙に呟いた。

「松宮先生という方の頭が燃えたんですが、有名な方なんですか」

「ああ、分子生物学の権威だ。髪の発毛メカニズムの研究で、大きな成果を上げている。確か、国内外のあまたの賞を受賞していたな」

「へえ、発毛。ハゲが治るってことですか」

「平たく言えばそうだ。松宮先生が見つけたメカニズムを元に、製薬企業が発毛薬を開発、発売している。ただ、誰にでも効くというわけじゃない。ある遺伝子を持つ者だけが薬の恩恵に与ることができる。発毛に関わるタンパク質の発現量が重要らしい」

「それって、どれくらいの人が当てはまるんですか」

「確か、十人に一人くらいだったかな。病院で遺伝子診断をしてから、処方を受けるかどうかを決めるんだ。割合は低いかもしれないが、それでも大したものだと思う。実は、松宮先生自身も対象者なんだ。これを見てみろよ」

沖野に呼ばれ、舞衣はソファーから立ち上がった。沖野のノートパソコンを覗き込んでみると、そこには松宮の写真が表示されていた。ネットで画像検索をしたようだ。

左右に並んだ写真を、沖野が順に指差した。

「こっちが薬を使う前、こっちが使ったあと。効果は一目瞭然だろう」

「ええ。っていうか、これ……カツラじゃないんですか」

片方は、侍のように前頭部が見事に禿げ上がっているのに、もう一方はふさふさだ。発毛というレベルを遥かに超えている。

「地毛なんだよ、これで。一年ほどでここまで改善したそうだ。自ら、発明の有用さを証明したというわけだな」

沖野の説明に、舞衣は得体の知れない不気味さを感じていた。

舞衣の表情がすぐれないことに気づき、「どうかしたか」と沖野が声を掛けた。

「……なんていうか、因縁めいてませんか。発毛で名を上げた人の頭が燃えるって。単なる偶然なんでしょうか」

「偶然じゃなかったらなんだって言うんだ」

「神の悪意……ですかね」

「はは、なかなか洒落が利いている」

「ちょっと、勝手に妙な解釈を挟まないでくださいよ。別に、『神』と『髪』を掛けたわけじゃありませんからね」

「滑ったことを認めた方が、まだ傷は浅くて済むぞ」

「だから、ただの偶然ですって……」一円の得にもならないやり取りを重ねている自分に気づき、舞衣は嘆息した。「ていうか、どうでもいいんですよそんなことは」

「どうした、急にしおらしくなって」

「……今回の発火事件のせいで、私は庶務課をお払い箱になるかもしれません。松宮先生の頭が燃えた原因は、テーブルに置いてあったキャンドルだということになっています。私が用意したわけではありませんが、会場設営を担当したのは私ですから、責任を問われているんです」

「それは大変だな」と、沖野はさして深刻でもない口調で相づちを打った。

「でも、もしかしたら、異動せずに済むかもしれません。証拠が出てきたんです。まずはこれを見てもらえませんか」

舞衣はポケットからUSBメモリーを取り出した。その中には、藤丸が撮影した動画のコピーが入っている。

ノートパソコンに差し込み、動画を再生する。映像は、懇親会の終盤、理学部の学部長がスピーチをしているシーンから始まった。

「これは、理学部の会議室だな」

「そうです。ここの一階で懇親会をやりました。ほら、冗長な話が終わりますよ。ここからが大事なところなんです」

学部長がむにゃむにゃとスピーチを締めて、マイクを松宮に渡す。松宮は会場が見渡せる位置に移動し、参加者への感謝を述べる。彼の目の前には、確かにキャンドルが置いてある。深々と頭を下げれば引火してもおかしくない位置だ。

やがて、松宮が引退する旨を告げた。デジタルカメラのマイクは会場のざわめきをはっきりと捉えていた。

「ほう、松宮先生が引退か……。これはなかなかのサプライズだな」と、沖野が興味深げに頷く。

「それはあとで驚いてください。もうすぐ火が出ますよ」

松宮は挨拶の最後に、型通りの感謝の意を述べて、一礼しようとした。

まさにそのタイミングで、突然、ガラスが割れる音が響き渡った。

画面の中の参加者たちが、音のした方に一斉に視線を向ける。松宮も例外ではなく、クロールの息継ぎの時のように、頭を下げた状態で顔を動かした。

しかし、固定されたカメラのレンズだけは、松宮を捉え続けていた。

ほぼ全員の視線が画面の外に集中したまさにその時、いきなり松宮の頭が燃え上がった。

松宮はすぐに異変に気づいたが、自分ではどうすることもできないのか、顔を覆うようにしてその場に倒れ込んでしまう。松宮の妻が、悲痛な叫び声を上げる。隣のテーブルにいた白鳥が、消火器を手に松宮の元に駆けつける。

舞衣はそこで再生を一時停止させた。

「どうですか。火が出た瞬間の映像を見て、何か感じませんか」

「今の、最後のシーンだが」

沖野が、画面の中で静止している白鳥を指差した。

「白鳥先生がどうかしたんですか」

「彼は俺と同い年だ。誕生日までもが同じなんだ。以前、理学部のスタッフ飲み会で、そんな話をしたことがある」

「……本当に、そこにしか目が行かなかったんですか」舞衣は冷たい眼差しを沖野に向けた。「もっと大切なことがあるじゃないですか」

沖野は顎を軽く撫でてから、人差し指で自分の頭を指差した。

「テーブルの上のろうそくと、松宮先生の頭部との間には、かなりの距離があったな。五〇センチかそこらは離れている」

「そうなんですよ。理学部の学部長が主張してる、キャンドル原因説は成立しないと思うんです」

沖野は腕を組んで、ふうむと唸った。

「ガラスが割れる音が途中で聞こえたが、あれは何なんだ」

「学部長がコップを落として割った音です。拍手をしようとして、手が滑ったんだっておっしゃってました」

「なるほど、誰もがそちらに意識を取られていたせいで、発火の瞬間を見ていなかった。そのせいで、原因がキャンドルだということで落着したんだな」

「見てないくせにひどい決めつけですよ。映像のおかげで、濡れ衣を晴らすチャンスを得たわけです」

「これを学部長に見せれば、君は異動辞令を受け取らずに済むんじゃないのか」

「……見せましたよ。でも、取り合ってくれなかったんです。『他に火元はないんだから、ろうそくの炎のせいに決まっている』……そう言われました」

「トカゲの尻尾切りだな」沖野が眉間にしわを寄せる。「理学部じゃなく、庶務課の責任ということにして、自らの立場を守ろうとしているわけだ。ほじくり返して、余計な事実が明るみに出ることを恐れているんだな」

「ひどいですよ、ホント。学部長をお辞めになって、政治家に転身された方がいいんじゃないでしょうか」

「まあそう怒るな」と、沖野が苦笑いを浮かべた。「あのオヤジの意見は分かった。で、当の松宮先生はなんて言ってるんだ」

「まだ連絡は取れていません。大学病院に入院しているらしいので、早いうちにお伺いしようとは思っていますが」

「じゃあ、剣呑な事態になっているわけではないんだな。先生がことを荒立てさえしなければ、事件は片が付くわけだ」

「そんなに楽観視はできないですよ。松宮先生が激怒されて、大学側に責任を取るように詰め寄ることだって考えられます」

「そうなると、立場の弱い君がスケープゴートにならざるを得ない、か」沖野がしかつめらしく頷く。「事情は飲み込めた。それで、君は俺に何を望んでいるんだ」

「髪が燃えた本当の原因を明らかにしてもらいたいんです。沖野先生が科学的な観点から明確に説明すれば、学部長も納得してくれるはずです」

「その結果、やはり君が責任を取ることになるかもしれない」

「……それなら、私も諦めがつきます。どんな結果になっても構いません。どうか、協力してもらえませんか」

沖野は嘆息して、椅子の背もたれに体を預けた。

「俺には何のメリットもない——と言いたいところだが、理学部の長たる人間が、科学の理を無視して自らの意見を頑強に主張しているのは、さすがに見るに堪えないな。あのオヤジの目を覚まさせる必要がありそうだ」

「先生、それじゃあ……」

「調べるだけ調べてみよう」

「ありがとうございますっ」舞衣は思わず沖野の手を握り締めていた。「偉大なる科学ありますね！」

の伝道師、沖野春彦さまさまですっ。さすがはＭｒ．キュリーと呼ばれるだけのことは

沖野はさっと手をほどき、強引に首をひねって視線を逸らした。

「……昼休みの間に現場検証と行こう。さすがに研究を放り出してまで協力するつもりはないからな」

理学部一階の大会議室は、昨夜から立ち入り禁止になっていた。

舞衣は事務室から持ち出した鍵でドアを開け、沖野と共に室内に足を踏み入れた。カーペットが敷かれた床には、薄紅色の消火剤がこんもりと残っている。

「これはまた派手にやったな」

「改めて見ると、すごい汚れっぷりですね。これ、元通りになるんでしょうか」

「大丈夫だ。使われたのは、最も普及している粉末ＡＢＣ消火器だろう。消火剤の主成分はリン酸二水素アンモニウムだから、水によく溶ける。タイルカーペットだったのが幸いしたな。汚れた部分だけを外して洗えばいい」

「へえ。沖野先生って、消火器にも詳しいんですね。ほとんど化学オタクですよ」

「俺は危険物取扱者の資格を持っているからな。試験のために覚えた知識が残っていただけだ。オタクではない」

沖野はそっけなく言って、辺りを見回した。

「どうしました?」

「いや、前からこの部屋に消火器が置いてあったかな、と思ったんだ。見覚えがないんだが……まあ、最近は義務化がどうとかうるさいからな」

沖野は自らを納得させるように頷き、松宮が倒れた場所のすぐ脇に立った。

「テーブルは片付けたんだな」

「ええ、消火剤まみれだったので、洗うために外に出しました」

「これじゃあ、調べることはほとんどないな」

まだ部屋に入って五分も経っていない。あっさり見捨てられては困るので、舞衣は積極的に疑問をぶつける策に出た。

「あの、動画を見たオカルトサークルの人が言ってたんですけど。プラズマが原因、って可能性はないですか」

「……プラズマ、ね。プラズマと言っても色々あるが、種類によっては頭くらいは燃えてもおかしくないだろうな」

「あの、先生」舞衣はさっと手を挙げた。「単語はよく聞くんですけど、プラズマって、いったい何なんですか? プラズマテレビと関係あります?」

「大有りだ。プラズマというのは、電離した気体の総称だ。原子核の周囲を電子が回っている模式図を見たことがあるだろう」

「ああ、はいはい。土星みたいなアレ。何かの教科書に載ってました」

「プラズマ状態になると、電子が周回コースを外れて自由に飛び回る。そういうイメージでいい。厳密な定義というのもあるが、今は措いておこう」

「プラズマって、日常世界に存在するんですか」

「たくさんある。ネオン管、蛍光灯、雷、炎、それと、太陽もそうだな。さっき君が挙げたプラズマテレビも、放電を利用した発光で映像を作り出している」

「ふーん。それは知りませんでした。で、プラズマって簡単に発生するんですか」

「普通はしない。ただ、専用の発生装置を使えば、人為的に起こすことはできる」

沖野は会議室の壁に触れ、それから天井を見上げた。

「特に妙なところはないな」

「何を探してるんですか」

「プラズマ発生装置が仕掛けられていた痕跡がないか、念の為に確認したんだ。まあ、そんな大層な機械を使うとは思えないけどな。もし頭を燃やしたいのなら、直接火の粉か何かをぶつけた方が遥かに楽だ」

——火の粉をぶつける。

沖野の説明で、舞衣はある可能性に思い当たった。

「……犯人は学部長なんじゃないですか」

「ほう、それは面白い説だな。聞かせてくれ」

「発火する直前、学部長は手にしていたコップを落として割っています。ガラスが割れる音には、人の意識を引き付ける効果があると思うんです」

「肝を冷やす音だからな。それで?」

「全員の意識が松宮先生から逸れた瞬間、学部長は隠し持っていた火種を投げつけたんです。それが髪に付着し、一気に燃え上がった——どうですか」

「一つの答えとしては一応成立するが、矛盾点が二つばかりある。第一に、ガラスを割った時点で周りの目は学部長に向けられる。当然、怪しい動きをすれば、思いっきり目撃される。第二に、松宮先生は挨拶をしていた。ターゲットに注意が行っているタイミングで着火するメリットがない。歓談中にでも狙った方が安全だろう」

「……面白い説だ、って言ったじゃないですか」

舞衣が不満顔を見せると、沖野は「interestingではなく、humorousの方だ」と憎まれ口を叩いた。

「そこまで言うんなら、先生はよほど素晴らしい説をお持ちなんですよね。聞かせてください よ」

「一応、二つ思いついた。一方は荒唐無稽、もう一方はある程度の蓋然性がある」

「その言い方だと、後者が正解だと考えてるっぽいですね」

「まあ、常識的な答えだからな。しかし、そうなるとマズいことになるな」

「どうマズいんですか」

「俺は、キャンドルそのものに原因があったと考えている。つまり、火をつけた君にも責任はある、という結論に落ち着いてしまう」

ええっ、と舞衣は仰け反った。

「ちょっと、困るんですけどっ」

「困ると言われても困るな。真相を明らかにする手伝いはするが、事実をねじ曲げるわけにはいかない。それでは、学部長と同じになってしまうからな」

「分かりますけど……でも、でも……」

「とにかく、キャンドルについてもう少し調べる必要がある。調査の結果次第では、責任が半分くらいになるかもしれない」

「半分になったら、異動せずに済みますか？」

沖野はその質問には答えずに、「昼休みもそろそろ終わりだ。続きは君の定時後に」と言い残して、会議室を出て行ってしまった。

ぱたりとドアが閉まるのを見届けて、舞衣はぼそりと呟いた。

「……逃げたな」

4

午後一時過ぎ。バリバリ勤務時間中だが、舞衣は猫柳に許可をもらい、再び理学部一号館を訪れていた。

あの夜、舞衣が会場設営のために会議室に入った時点でテーブルの配置は完了しており、さりげない感じでキャンドルが並べてあった。室内に人影はなかったが、舞衣より先に来た人物がいたはずなのだ。まずはそこから調べることにした。

問題の懇親会を主催した〈細胞生物学研究室〉は三階にある。教室の指導教員である白鳥准教授が在室していることは確認済みだ。〈教員室〉と書かれたドアを見つけ、ノックをしてから部屋に入る。

「失礼します。庶務課の七瀬ですが」

「ああどうも」

ソファーに掛けていた白鳥が立ち上がり、舞衣を出迎えた。銀色のフレームのメガネに、星座のように頬に散った複数のほくろ。押しが弱くて要領の悪い営業マン、といった印象がある。当日の動画に映っていた、消火器を噴射した人物に違いなかった。

「先ほどお電話いただいた方ですよね」

「はい。松宮先生の一件で、少しお伺いしたいことがありまして。今、お時間よろしいでしょうか」

「ええ、お待ちしておりました。どうぞそちらにお掛けください」

白鳥は相好を崩し、舞衣に来客用のソファーを勧めた。

腰を下ろすなり、さっそく舞衣は本題に入った。

「松宮先生のご容態はいかがですか」

「経過は順調なようですよ。頭部にやけどを負ってしまいましたが、他の部位には火が移りませんでしたから」

「それはなによりです」

一瞬安堵の笑顔を浮かべ、すぐに舞衣は表情を曇らせた。

「しかし、構内で負傷されたのは事実ですから、大学が管理不行き届きの責任を取らざるを得ない状況です」

「そうなんですか」と、白鳥は薄い眉を悲しげにしかめた。

「ただ、いささか不可解な状況ですし、発火現象が再発する恐れもありますので、できれば火が出た原因を明確にしたいと考えています」

「不可解というと……」

「火元と頭部が離れているのに、頭が燃えたんです」

「……どうして七瀬さんがそのことをご存じなんですか？　研究室の学生には、他人には見せないようにと、強く言いつけてあったのですが」

　不思議現象解明の専門家扱いされている、などとバカ正直に説明したら、怪訝な視線を返されるに違いない。「藤丸さんと個人的に知り合いでしたので、頼んで見せてもらいました」と舞衣は八割がた嘘の説明をした。

「白鳥先生も現場、しかも、松宮先生のすぐ近くにいらっしゃいましたよね。何かお気づきになりませんでしたか？」

「燃え上がった瞬間のことは、よく覚えていますよ。あまりに唐突だったので、夢というか、目がおかしくなったのかと思いました。しかし、予兆のようなものは全然感じませんでしたね」

「そうですか。今のところ、テーブルの上にあったキャンドルが怪しいと睨んでいるのですが」

「なるほど。確かに、火元として考えられるのは、あれしかないでしょう。なんだ、すでに原因は分かっているんじゃないですか」

「断言するのは早いのではないでしょうか。松宮先生の頭部と、キャンドルには一定の距離がありました。直接髪の毛が炎に触れたわけではないはずです」

　白鳥が訝しげに眉を顰める。

「では、原因は他にあると？」

「いえ。キャンドルが火元であるのは間違いないと思います。ただ、直接髪の毛に燃え移ったのではなく、火の粉が飛んで、ああなったのではないかと」

「火の粉が……」難問の解法を見つけたかのように、白鳥は手をぽんと叩いた。「そうか、あれは不良品だったということですね」

「その可能性はあると思います。あれは、誰が持ち込んだものなのでしょうか。私も当日、懇親会の会場設営に参加しましたが、準備のために部屋に入った時には、すでに置いてあったんです」

白鳥は顎に手を当て、「どうだったかな」と呟いた。「僕はずっと講演会の会場にいましたから」

「講演会は五時半まででしたね」舞衣が会議室に足を踏み入れたのが午後五時。懇親会は六時からだった。「あの会議室には、誰でも入れたんですか」

「ええ、特に制限はしていません」

となると、何者かが懇親会の準備が始まる前に、こっそりキャンドルをあそこに置いたことになる。舞衣はそこに作為の臭(にお)いを感じ取っていた。

キャンドルに何がしかの仕掛けがあり、松宮が近づいた瞬間を狙って火の粉を放出した——。遠隔(えんかく)操作の手段が分からないが、可能性としてはありうる。

「あの日、会議室に置かれていたキャンドルは、今はどこに？」

白鳥は舞衣の質問にしばし黙考して、「火を消して捨てたと思います」と思案顔で答えた。「残しておく理由がありませんから」

「……まあ、そうですよね」

四宮大学では、午前九時にゴミ回収が行われる。昨夜の分は、今頃収集場に行っているか、下手をするとすでに焼却処理されているかもしれない。いずれにせよ、証拠品を発見するのは、まず不可能だろう。

もし、松宮に悪意を持つ人物がいたならば、まんまと完全犯罪を成立させてしまったことになる。後手後手に回ってしまっている、この徒労感。舞衣は唇を強く結んだ。

「七瀬さん、とおっしゃいましたか」

ふいに、白鳥が身を乗り出した。

「おそらく松宮先生は、原因究明を望んでいません。それより、そっとしておいてほしいという気持ちの方が強いと思います」

「……ですが、そうもいかない事情がありまして」

「なるほど。うやむやにしたくない、と考えている人がいるわけですね。分かりました。では、僕の方から松宮先生に連絡しておきます。本人から大学に申し入れれば大丈夫でしょう」

「説得していただけるのですか」

「お願いしなくても、受け入れてくれますよ。松宮先生は温和な方ですから」と、白鳥は太鼓判を捺した。

松宮の要求となれば、さすがの理学部長もおとなしくなるに違いない。となれば、責任を取る取らないという議論にもならず、自分は無事に庶務課にとどまれる。

差し伸べられた救いの手に、舞衣はにっこり笑って、「ぜひ」と大きく頷いた。

5

二日後。舞衣は大学の近くの生花店で買った花束を手に、四宮大学付属病院を訪れていた。入院している松宮を見舞うためだった。

白鳥から連絡が行き、松宮が直々に大学に「責任は問わない」と申し入れたおかげで、人体発火現象についての調査はあっさりと終了した。

科学界における松宮の影響力は甚大である。舞衣はそのことを実感するとともに、寛大な対応に感謝の意を表すために、松宮に直接お礼を言いに来たのだった。

清潔感漂うエントランスを抜け、カーペット敷きの廊下を進むと、やがて病棟に到着する。エレベーターで三階に上がり、リノリウム張りの廊下を奥へ向かう。

松宮の病室は病棟の最奥にあった。部屋に入ると、パイプ椅子に腰掛けていた、松宮の妻の三奈子と目が合った。

「あの、四宮大学の事務の者ですが」

舞衣は名刺を三奈子に手渡した。

「お見舞いに来てくださったんですか」

三奈子はベッドに近づくと、間仕切りの白いカーテンを開けた。松宮は分厚い洋書を読んでいた。頭部に巻かれた包帯が痛々しい。

「あなた。四宮大学の方がお見舞いに」

「ああ」と松宮は本を閉じ、舞衣に目を向けた。「わざわざ申し訳ない」

「いえ、そんな。こちらこそ、今回はとんだことで」

舞衣は恐縮しながら自己紹介し、松宮に見舞いの花を差し出した。

「これはこれは。ご丁寧にありがとうございます。さっそく飾らせてもらいます。……と言っても、実は、明日には退院してしまうんですが」

「お怪我(けが)の具合はもうよろしいんですか」

「ええ、頭皮以外は健康そのものですから。本当なら、事故の翌日に退院してもよかったんだが、妻に引き止められまして」

三奈子は「たまには体を休めないといけませんよ」と言って、松宮が持っていた本を受け取った。

「引退宣言をしたんだから、いくらでものんびりできるんだが」

そう言って笑う松宮はいかにも幸せそうで、年下の妻に首ったけであることがうかがい知れた。妻の言うことには逆らえないのだろう。

松宮はしばし三奈子と見つめ合ってから、「悪いが、少し席を外してくれないか」と言った。

「はい、分かりました」

三奈子は素直に頷くと、「どうぞ」とパイプ椅子を勧めて、そっと病室を出て行った。

失礼します、と舞衣はほんのり温かい椅子に腰を下ろした。

舞衣はどう切り出せばいいか考えながら、松宮の頭に目を向けた。

かつては無残なまでに薄くなっていた髪の毛は、自らが発見した遺伝子により驚異的な再生を果たした。おそらくは、二度と失われないように、大切に保護されていたはずだ。だが、あの発火事件により、予期せぬダメージが毛髪に襲いかかった。やけどの影響はどうなっているのだろうか。気にはなるが、取り返しのつかないことになっているのでは、と思うと、怖くて聞けなかった。

「今回は大変だったようですね」

ふいに、松宮が口を開いた。包帯の下の様子のことを考えていた舞衣は、「えっ」と思わず訊き返した。

「理学部の学部長があれこれ騒いだそうで」

「え、ええ、そうなんです」舞衣は慌てて頷いた。「色々と、不可解なこともありましたから」

「と、言いますと？」

不思議そうな様子の松宮に、舞衣は事故の瞬間を捉えた動画のことと、キャンドルの出処が分からないことを説明した。

「──という次第なんです」

「そうですか。いや、驚いた。まさかそこまで大ごとになっていたとは。道理で、責任うんぬんなどという話になるわけだ」

「こんなことを申し上げると、不快に思われるかもしれませんが」と前置きして、舞衣は率直に言った。「今回の一件は、故意になされたのではないかと疑っています。何者かが、松宮先生に危害を加えようとした可能性があります」

すると松宮は深いため息をこぼして、「参ったな」と呟いた。

「もしかして、何か心当たりが……」

「そうじゃないんです。犯人は私なんですよ」

「はいっ？」舞衣は耳を疑った。「どういうことなんですか」

「三月に、東南アジアで行われた、環太平洋細胞生物学学会に参加しましてね。まあ、名前の割りにはこぢんまりした学会で、観光がメインみたいなものだったんだが」

「はあ」

話の行き着く先が見えず、舞衣は気の抜けた相づちを打った。

「現地の土産物屋に行った時に、そこで売っていたキャンドルが目に付いたんですよ。カラフルで、コンパクトで、なかなかユニークでした。ウチの妻はアロマキャンドルが好きで、わりと熱心に集めているようだったので、まあ、土産にちょうどいいかなと思いましてね。いくつか買って、帰国したわけです」

ところが、と松宮が鼻の頭を掻く。

「家に戻って試してみてがっかりです。何の臭いもない、ただのろうそくだったんですよ。残念ながら、妻には『いらない』と言われてしまいまして。捨てようかとも思いましたが、今回の懇親会のことを思い出して、こちらにお邪魔する時に持参したんです」

「では、会場にキャンドルを置いたのは……」

「私ですよ。昼休みに立ち寄った時に、テーブルにまとめて並べました。白鳥くんに伝えておけばよかったんだが、すっかり失念していて。申し訳ない」

予想もしない展開に、舞衣は目を白黒させた。

「で、でも、ただ置かれただけですよね。他に、キャンドルに仕掛けをした人物がいた可能性が……」

「考え過ぎですよ。私をどうこうしても、世の中は変わりませんよ」と松宮は笑った。「おそらく、不純物が混ざったロウで作られていたのでしょう。私が頭を下げた時に、非常に運悪く、火の粉が散ったんです」

「……そういうことだったんですか」

「種明かしをしてみれば、他愛(たわい)のないものです。しかし、私のせいで七瀬さんにはご迷惑をお掛けしてしまった」

「そんなことはありませんよ。お気になさらずに」

舞衣は胸を撫で下ろした。陰謀(いんぼう)説に傾きかけていたせいで、肩透(かたす)かしを食らった気分だったが、平和な結論であるに越したことはない。

と、そこで松宮は小さくため息をついた。

「考えてみれば、これは天罰のようなものなのかもしれません。……実はあの火事で、髪がすっかり焼けてしまいまして」

「ええっ！」と叫んで、舞衣は口元に手を当てた。「大丈夫……なんですか」

松宮は「残念ながら」と首を振った。

「やけどの程度は軽いのですが、毛根がやられてしまいました。中途半端に髪が残ってもみっともないので、今後は丸坊主で生きていきますよ。人に会う機会も減るだろうし、さほど問題はありません」

「そんな……」

自らの研究成果によって蘇った毛髪。それが、取るに足らない、ミスとも呼べないようなミスで灰燼に帰した。あまりに悲惨な運命のイタズラだ。

しかし、松宮は悲観するどころか、むしろスッキリした表情を浮かべていた。

「ご心配なく。またハゲ親爺に戻ってしまいましたが、幸いなことに、妻に離婚届を突きつけられるようなことにはなっていません。彼女とは髪が生え揃ってから出会ったので、昔のハゲていた私を知らないんですがね。『意外と可愛い』なんて言ってもらえて、ずいぶん救われましたよ」

松宮はそう言って、屈託なく笑った。

6

翌日の午後、終業も近い午後五時半。トラブルもすっかり解決し、舞衣が上機嫌で事務仕事をしていると、「すみませーんっ」と大声が事務室内に響き渡った。

見ると、戸口のところで藤丸が手を振っていた。視線は明らかに自分に向けられている。嫌な予感を覚えつつ、舞衣は彼女に駆け寄った。

「どうしたんですか」

「例の人体発火事件、あれからどうなりましたか」

藤丸はつぶらな瞳を輝かせていた。やっぱりその話かとうんざりしつつ、舞衣は藤丸を連れて、会議室に移動した。

「白鳥先生は、何かおっしゃってませんでしたか？」

まずはそこから尋ねると、「解決したから、もう忘れなさい、って言われました」と藤丸は答えた。詳しい事情は伏せられているらしい。

「真相はどうだったんですか？ やっぱりプラズマですか。それとも、何か別のトリックでしたか」

「いや、それが――」

舞衣は自分が調べたことを、なるべく丁寧(ていねい)に説明した。すると藤丸は途端に不機嫌になって、「本当ですか、それ」と眉間にしわを寄せた。

「松宮先生がそうおっしゃってるんだから、本当に決まっているじゃないですか」

「でもなあ」と藤丸はふっくらした腕を組む。「わたし、ハードディスクが壊れるくらい、何度もあの動画を見ました。でも、キャンドルから何かが出てるようには見えなかったです」

「ほんの小さな火の粉だったんじゃないですか。動画に映らないほどの」

「それなのに、あんなに激しく燃え上がったんですか」

「松宮先生は、『整髪料のせいだろう』って言ってましたよ。燃えやすい成分が含まれていたんでしょう」

「そうなのかなあ」と藤丸はしきりに首をかしげる。「直感的に何かあると思ったんだけどなあ」

「直感、ですか」

「あ、いま馬鹿にしましたね。わたし、こう見えても結構勘が鋭いんです。ゼナー・カードって知ってます？　ＥＳＰカードとも言うんですが」

「星とか四角とかの模様が書いてあるあれですか」

「そうです。裏返しにして、絵柄を透視するんです。五枚の中から指定された模様を探し出す、っていう実験をよくやるんですけど、普通にやると正答率は五分の一なのに、わたしがやると八割の確率で正解します。それくらい、勘がいいんです」

「はあ。ちなみに、それはどういう原理なんですか」

「分かりません。なんとなく見えるんです」と、藤丸は胸を張って答えた。

「……それって、相当奇妙な現象だと思うんですけど。ＳＯＳはオカルトサークルなんですよね。藤丸さんの能力自体が、調査の対象になるんじゃないですか」

　舞衣が素朴な質問をぶつけると、藤丸は瞳をまんまるにして、「言われてみれば」と呟いた。

「もしかして、いま初めて気づいたんですか」

「はい。あまりに普通にできちゃうんで、全然疑問に思いませんでした」

「灯台下暗し、ってやつですね」と舞衣が笑うと、「確かに」と藤丸も苦笑した。

「そうですよね。世の中を見渡せば、まだまだ不思議なことはいっぱい存在してますよね。うん、人体発火にばっかりこだわってちゃダメだな」

藤丸は納得顔でひとりごちると、高所から落としたゴムまりのように、ぴょこんと椅子から立ち上がった。

「ありがとうございました。七瀬さんの鋭い指摘のおかげで、新しいテーマが見つかりました」

「それはそれは」

藤丸は居ても立ってもいられない様子でドアノブに手を掛けた。

「じゃあ、わたしはこれで失礼します。また次回も、ぜひご協力お願いします」

「いえあの、そんなに何度も来られても困るんですが」

「またまた、ご謙遜を」

藤丸はとびっきりの笑顔でそう告げると、猪突猛進としか言いようのない勢いで会議室を飛び出していった。

藤丸の背中を見送りながら、舞衣はため息をついた。

「……私はサークルの顧問じゃないっての」


終業後、舞衣は一応の報告のために、沖野の元に向かった。沖野はいつものように教員室にいて、一人で書類に目を通していた。

「おっと、また君か」

「そんなに警戒しないでくださいよ。例の人体発火について、やっと決着が付いたので、念のために報告に来たんです」

「そいつはどうもありがとう。ただ、我々は電子メールという、文明の恩恵に与る権利を平等に有している。そのことを、たまには思い出してもらいたいな」

「そんなの味気ないじゃないですか」

舞衣は沖野の憎まれ口を受け流して、ソファーに腰を下ろした。

「あの事件、先生の読み通り、キャンドルが原因でしたよ。海外で買った粗悪品だったみたいです」

「だろうな。火元はあれだけだったんだ。常識的な帰結だ」

沖野は書類に視線を落としたまま、適当に頷くばかりである。

「でも、悲惨は悲惨なんですよ。頭が燃えた時に負ったやけどのせいで、二度と髪が生すから」

「本当に。でも、奥さんは好意的に受け入れてくれたそうです。最悪の事態が避けられてよかったですよ。『ハゲは嫌っ！』とか言われて離婚されたら、目も当てられないですから」

そこでようやく沖野が顔を上げた。

「女性にとって、男性の髪の毛はそんなに重要なのか」

「まあ、見た目の問題ですから。同じ顔、同じ性格だったら、髪がある方がいいんじゃないですか」

「その仮定は一卵性双生児にすら当てはまらないな。違う顔、違う性格だったらどうなのかな」

「それはその人によりますけど。っていうか、沖野先生はそんなの気にしなくていいじゃないですか。ふさふさなんだし」

「一寸先は闇、というからな。いつ髪がごっそり抜けるか分からないだろう」

「へえ、意外と心配性なんですね。じゃあ――」

舞衣は立ち上がり、沖野が座っている椅子の後ろに回り込んだ。

「なんだなんだ」

「いえ、頭頂部の様子を見て差し上げようかと思って」

沖野のつむじを覗き込んだところで、舞衣は思わず顔をしかめた。温泉地に漂っている、腐った卵のような臭いが、沖野の体からむんむんと発せられていた。

「ちょっとお。なんか先生臭いですよ。ちゃんとお風呂に入ってます？」

「失礼なことを言うな。臭いのは俺じゃなくて白衣だ。昼間、実験室で試薬をこぼすトラブルがあって、その片付けの時に染み付いたんだ。硫黄系の化合物だったんだが、構造式中に硫黄が含まれる揮発性物質は、基本的には悪臭物質だからな」

「染み付いたのなら、さっさと脱いで洗濯しましょうよ。こんなひどい臭い、めったに嗅がないからビックリしました。鼻が曲がって『J』の字になっちゃいそう」

舞衣が鼻をつまみながらそう茶化すと、沖野は座ったままの姿勢で振り向いた。

「君はあまり記憶力が良くないのか？　先般の発火事件の時にも、この臭いが室内に立ち込めただろう」

「いいえ？　なんでそう思うんですか」

「髪の毛には、ケラチンというタンパク質が多く含まれているからだ。ケラチンはシステイン含量が高い。システインは硫黄を含むアミノ酸だ。激しく加熱すれば、その硫黄が別の物質に変わり、悪臭を放つ。それが、髪の毛が燃えた時の臭いの正体だ」

「悪臭、ですか」

舞衣は記憶を探るように何度か鼻呼吸を繰り返し、「うーん」と首を捻った。

「やっぱり、そんな臭いはしてませんでしたよ」

その証言を聞いて、沖野はにわかに表情を険しくした。

「……もしかすると、もしかするかもしれないな」

「なんですか、その謎めいた言い方は。もっとズバッ！と言ってくださいよ」

「俺の考えをオープンにする前に一つ聞きたい。硫黄化合物の臭いはしなかったと言ったが、本当に、全く何も感じなかったのか」

「……そう言われてみれば、微かにですけど、プラスチックというか、接着剤みたいな臭いがしてたような」

「そうか」

沖野はふいに立ち上がると、自分の机を離れ、来客用のソファーの周囲を一巡りして、ぴたりと立ち止まった。

「……覚えているか。俺は君に発火事件の原因を訊かれた時に、二つの答えを思いついたと言ったんだが」

「ああ、そうでしたね」と舞衣は頷く。「キャンドル原因説は伺いましたけど、もう一つは教えてもらっていません」

「片方は現実味が乏しいと思ったから言わなかったんだ。だが、君の証言のおかげで、どうやら優先順位がひっくり返りそうだ」

「じゃあ、真の原因は他にあるってことですか」

「ああ、おそらくな。……しかし、動機がよく分からない。どうしてそんなことをしなければならなかったのか……。いや、待てよ。松宮先生は、若い奥さんをもらったんだったな。彼女は懇親会に出席していたのか」

「ええ、動画に悲鳴が記録されてたじゃないですか。あれがそうですよ。お見舞いに行った時に会いましたけど、綺麗な方でしたよ」

「……なるほど、それなら理解できないでもないな」

じれったくなり、舞衣は思わず沖野の白衣を摑んでいた。

「ちょっとちょっと。自分だけで完結せずに、ちゃんと一から十まで説明してくださいよ。わけ分かんないじゃないですか」

「まだ十じゃない。最後の詰めが欲しい」沖野は思案顔で顎に手を当てた。「立花に頼んでみるか。大学病院内であれば、なんとかなるかもしれない」

立花という名前が出た瞬間、舞衣は沖野の後輩の、バカボン似の医師のことを鮮明に思い出した。

「どうして立花先生の協力が必要なんですか」

「松宮先生のＤＮＡが欲しいからだ」

「……えっ」舞衣は思わず眉を顰めた。「なんか、表現がエロいです」

沖野は処置なしとばかりに黙って首を振って、受話器を取り上げた。

7

三日後、事件からちょうど一週間が経過した月曜日。舞衣の元に、沖野から連絡が入った。

「遺伝子検査の結果が出た。これで、発火事件の真相が分かった。気になるようなら、聞きに来てもいい。もちろん来なくてもいい」

淡々と言って、沖野はさっさと電話を切ってしまった。無論、気にならないはずがない。舞衣は猫柳課長に許可を取り、すぐさま沖野の元へと向かった。

教員室に入ってみると、先客がいた。白鳥准教授だ。沖野と向き合って、ソファーに掛けている。どこか落ち着かない様子で、「どうも」と彼は頭を下げた。

資料を確認していた沖野が、「やはり来たか」と顔を上げた。

「そりゃ来ますよ。こちらから電話しようと思ってたくらいなんですから」と返して、舞衣は白鳥の隣に腰を下ろした。

「でも、よかったです。ちゃんと連絡してもらって」

「今回は、君も少なからず被害を受けているからな。真相を知る権利はあるだろう」

「沖野先生。真相というのは」

白鳥がこわごわと尋ねる。沖野は鋭い視線を白鳥に向けた。

「だいたい察しが付いているんじゃないですか。例の、人体発火現象ですよ」

「……どうして僕が知っていると思うんですか」

「まあ、そう慌てずに。順を追って説明しますから」

沖野は膝の上で手を組み合わせ、舞衣に目を向けた。

「俺がこの件に関わるきっかけは、そこにいる七瀬くんに事件の動画を見せてもらったことでした。白鳥先生もご覧になったそうですね」

「……ええ」頷いて、白鳥はメガネのフレームに触れた。「ウチの研究室で撮影したものですから」

「松宮先生の頭部と、火元とされるろうそくの炎の間には、数十センチの距離があった。それなのに火がついた。なるほど、これは確かに不可解な状況ですが、説明が付けられないほど荒唐無稽ではない。俺は二つの可能性を考えました。その一つが、キャンドルのロウに含まれる不純物です」

「七瀬さんから事情は伺いました。あれは、松宮先生本人が置かれたものだったそうですね。海外で購入した、品質の悪いものだったとか」

「先生自身がそうおっしゃったと聞いています。念のために、松宮先生が現在籍を置かれている、東京科学大学に連絡を入れて確認しましたが、確かに三月に東南アジアに出張されていました。目に付くような矛盾はありません」

「それなら、どうして僕を犯人扱いするんです」

「まだ、犯人とは言っていませんよ」と、沖野は白鳥をなだめた。

「俺も、ほとんど納得しかけていたんです。松宮先生がお辞儀をした瞬間に、たまたまキャンドルから火の粉が飛び出し、髪の毛に付着して燃え上がった。タイミングが揃いすぎているとか、火の勢いがいやに激しいとか、多少の違和感はありましたが、偶然で片付けられなくもない、と考えていたんです。頭にあった、もう一つの可能性をお蔵入りさせるにやぶさかではなかった」

「あの、先生」沖野の説明の合間を突いて、舞衣が質問を挟み込む。「そろそろ教えてください。その、二番目の可能性っていうのは、どういう説なんですか」

「非常にシンプルなものだ。『あの発火現象は、松宮先生自身が計画した、自作自演の事故だった』という可能性だ」

沖野の言葉に、白鳥の体がびくっと反応した。

ちらりと白鳥を見て、沖野は再び説明に戻る。

「ただ、理屈の上では成立しても、動機面からは全く説明が付きません。自分の髪を燃やすメリットなんてあるはずがない。それゆえ、俺は綿密な検討はしませんでした。ところが、意外な人物から新たな証言がもたらされまして」

沖野は自分の白衣の袖をつまんでみせた。すでに洗濯したらしく、例の硫黄臭はすっかり消えている。

「あの懇親会に、七瀬くんも参加していたんですが、『毛が燃えた臭いはしなかった』などと、おかしなことを言うわけです」

白鳥が怪訝な視線を向けてきたので、舞衣はこくこくと二回頷いた。

「あれだけ髪が激しく燃えて、臭いがほとんどしないというのは不可解です。そこで、俺はこう考えたんです。あれは地毛ではなく、カツラだったのでは、と」

「えっ」と驚く舞衣の横で、白鳥が息を呑む。

「七瀬くんは、わずかに接着剤のような臭いを感じたと言いました。おそらく、ポリアクリレート系の人工毛を使ったカツラでしょう」

「ちょっと待ってくださいよ。私、かなり混乱してるんですけど、松宮先生は、時代劇に出てくる役者さんみたいに、自分の髪の上にカツラを被っていたんですか？」

「いや、違うと思う。……白鳥先生、何かコメントはありますか」

「僕は、その、別に、何も」

「そうですか。では、もう少し推理にお付き合いいただきましょうか。実は、カツラだと断定するに足る、明確な証拠があるんです。この診断結果がそうです」

沖野は手元の資料をテーブルに並べた。

「これは……」と白鳥が目を見張る。

「そうです。松宮先生が発見した分子メカニズムを利用した毛生え薬。その適性を検査したものです。結果は『不適合』でした。松宮先生は、発毛に必要とされている遺伝子を持っていなかったんです」

「それを調べるために、松宮先生のＤＮＡが必要だったんですか」

舞衣の質問に、「ああ」と沖野が頷く。

「立花に頼んで、入院中に採った血液を使って調べてもらった。おっと、これはここだけの話にしておいてくれよ。アイツに迷惑が掛かるからな」

「言いふらしたりはしないですけど。でも、それって変じゃないですか。松宮先生は、自分が見つけた原理を活用して髪の毛を復活させたって聞きましたけど」

「ここから先は憶測になるが、おそらくどこかに欺瞞があったんだろうな。どうですか、白鳥先生」

白鳥は痛みをこらえるように目を閉じ、長く息を吐き出した。

「……その通りです。先生はずっと、毛が生えたふりをしていました」

「やはりそうですか。ご安心ください。他言はしませんから」

「ええ、そうしてもらえると助かります。これは、松宮先生と僕と、今回の治療に当たった、先生の古馴染み（なじ）の医師だけが知っていることですから」

「三人だけですか」沖野は驚きの声を上げた。「それは意外です。発毛剤を売っている製薬会社の人間も知らないんですか」

「とてもじゃないけど言えませんよ。あれは、その製薬会社から寄付金をもらうためにやったことなんですから」

「……なるほど、松宮先生自らが広告塔になることで、薬の有用性を世間にアピールしたわけですか。となると、徐々に毛が生えたように見えるように、毛の密度が異なる複数のカツラを使っていたんですね」

「ええ、細心の注意を払いましたよ。おかげで信じてもらえましたし、結果として、かなりの額の寄付を受け取れました。当時、僕は松宮先生の下にいましたが、最新の機器を何台も導入させてもらいました。研究も目に見えて進むようになり、研究室の評判も上がりました。……しかし、その代わりに松宮先生は重い十字架を背負うことになりました」

「一生、カツラを付けて生きなければならない」

沖野が刑を告げる裁判官のように言う。白鳥は小さく頷いた。

「人前ならまだいいでしょうが、奥さんの前でも脱げないというのは、相当な苦痛だったようです。秘密を抱えているストレスのせいか、松宮先生は、結婚してから、ずっと胃痛に悩まされていたそうですよ」

「だから、あの発火事件を仕組んだんですね。髪が燃えたことでやけどを負い、二度と毛が生えなくなった――。そう見せかけるのが目的だった」

「ええ。そうです。提案したのは僕の方からでした。久しぶりにお会いして、あまりに疲れていらっしゃったので。まさかあそこで引退宣言をするとは思いませんでしたが、たぶん、カツラを脱いだ自分を衆目に晒すことが嫌だったのでしょうね」

「懇親会の会場を事件の現場に選んだ理由は何だったんですか」

白鳥はメガネを外し、ハンカチで軽くレンズを拭いた。

「三奈子さんに髪が失われる瞬間を見てもらうためですよ。彼女のいないところで事故に遭ったことにして、結果だけを伝えたら、『もしかしたら、この人は最初からカツラだったのでは』と疑われるかもしれません。その可能性を排除したかったんです」

「それで、気心の知れた弟子のあなたがいる、四宮大学を選んだわけですね」

「ええ」メガネを掛け直し、白鳥は表情を曇らせた。「――でも、どうして僕が関与していると？」

「松宮先生の頭が炎に包まれた時の対応が早すぎたからですよ。全員が唖然としている中で動けたのは、事件が起こることを知っていたからだと思ったんです。それと、あの消火器。見覚えがないと思ったんだが、やっぱりあれは、もともとは廊下にあったものだったんです。白鳥先生が会議室に持ち込んだんでしょう」

「……しょうがなかったんです。消火剤を大量に掛けないと、髪が燃えていないことがバレてしまいますから」

「燃えていない？」

　舞衣は首をかしげた。

「体に燃え移るのを防ぐために、難燃性（なんねんせい）の素材でできたカツラを選んだんだよ」と、沖野が白鳥の代わりに説明を加えた。「ちなみにあの火は、どうやって発生させたんですか。もしかして、ニトロセルロースですか」

「そうです。網状に撚（よ）ったニトロセルロースを黒く着色し、カツラにかぶせたんです。髪の中に埋める形ですね。着火は、電気信号による遠隔操作です。といっても、剝（む）き出しの導線をニトロセルロースに取り付けただけですが。松宮先生のスーツの裏に、受信装置を隠させてもらいました」

　二人の間でサクサクと会話が進む。舞衣は慌ててストップを掛けた。

「ちょっと、専門家同士で完結させないでくださいよ。そもそも、ニトロセルロースってなんですか」

「簡単に言えば、紙に化学処理を施して、非常に燃えやすくしたものだ。一瞬で燃焼し、あとにはほとんど何も残らないから、マジックなどでよく使われる。今回のような目眩ましには最適な素材だ」

「はあ、なるほど……」

「燃えたトリックは分かりました。しかし、どうしてあんな妙なタイミングで発火してしまったんですか」

沖野が尋ねると、白鳥は申し訳なさそうに頭を掻いた。

「僕がミスをしたんですよ。あの時、僕が着火スイッチを持っていたんです。ちょうどいいタイミングを見計らって火をつけるつもりだったんですが……。予期せぬハプニングが起こりまして」

「ああ。割れたグラスの音ですね」沖野は笑っていた。「うっかり手に力を入れてしまい、誤ってスイッチを押してしまった」

「その通りです。さぞかし松宮先生も驚いたと思います。『やってしまった』と思いましたが、ギリギリなんとかごまかせたようです。原因追及も、思ったよりはあっさり終わってくれましたし」

「キャンドルを置いたのは誰だったんですか」

「買ったのも持ち込んだのも僕ですよ。火元がないとおかしいですから」

「あれ、でも、私が尋ねた時は分からないとおっしゃってましたよね」

舞衣が指摘すると、「話の流れに沿って、とっさにストーリーを組み直したんです」と白鳥は答えた。

「キャンドルに不具合があって、それであの事故が起きたのではないか――。七瀬さんはそうおっしゃいましたね。その時に、松宮先生が東南アジアに出張に行かれていたことを思い出したんです。奥さんがその手のインテリア好きという話も知っていたので、先生がお土産として買ったことにしました。もちろん、あとで松宮先生に話を合わせるようにお願いしました」

「つまり、まんまと私は騙されたわけですね」

舞衣が怒りを滲ませた視線をぶつけると、白鳥は「すみません」と頭を下げた。

「今の白鳥先生の説明で、おおよその事情は分かりました。これにて大団円、と言いたいところですが……」

そこで言葉を切って、沖野は首を振った。

「事情を知らない人たちに迷惑を掛けたのはいただけませんね」

白鳥はちらりと舞衣を見て、「……それは、はい、悪いことをしたと思っています」とうなだれた。

「俺は当事者ではありませんから、ことさらに騒ぎ立てるつもりはありません。その代わり、もし彼女が事実を公にしたいと言い出しても、止める気はありません」

「そ、それは困る。先生の経歴に傷が付くし、奥さんとの仲だって……」

沖野と白鳥、二人の瞳が同時に舞衣に向けられる。急にキャスティングボートを預けられ、舞衣は困惑しながら自分の顔を指差した。

沖野は口元を引き締めて頷いた。

「この事件のケリの着け方は、君が決めるのがふさわしい」

「そう言われましても……」

舞衣が文字通り頭を抱えそうになったその時、机の上の電話が鳴り出した。沖野が立ち上がり、応対に出たが、すぐに受話器を舞衣に差し出した。

「猫柳課長から、君にだ」

受話器を受け取ると、「事務室に電話が掛かってきました。転送します」と告げる猫柳の声に続き、ぷつっ、と回線が切り替わった。

「もしもし」と呼び掛けると、「七瀬さんですか」と、若い女性の声が聞こえてきた。

「あ、はい。あの、どちら様でしょうか」

「松宮の妻の三奈子でございます。先日はお花、ありがとうございました」

「ああ、いえ、大したものではありませんけど。わざわざお礼のお電話をいただき、大変恐縮です」

「お花のことだけではないんです。実は、もう一つ申し上げたいことがありまして。この度は、大学の皆様に多大なるご迷惑をお掛けしてしまいました」

「事故のことですか。でも、あれは不可抗力というか……」

真相を隠して会話を続けようとする舞衣を遮って、三奈子はきっぱり言い切った。

「いえ、事故ではありません。あれは、松宮が仕組んだ茶番です」

「……え？」

「ご存じないと思いますが、松宮はカツラだったんです。その事実を永遠に闇に葬り去るために、松宮はあの発火事件を起こしたんでしょう」

「ちょ、ちょっと待ってください。どうしてそのことを……」

慌てる舞衣に、三奈子はどこか楽しげな調子で言った。

「私は薄毛の家系に生まれまして、親族の男性全員がカツラを付けている、という環境で育ちました。そのせいか、『カツラキラー』と呼ばれるくらい、地毛か否かを見極める能力が高くなってしまいました。ですから、松宮と初めて出会った時から、カツラだと気づいていましたよ」

なんということだろう。舞衣は口をあんぐりと開けたまま、三奈子の説明を聞いていた。松宮が事件を起こしてまで隠そうとした事実を、三奈子はとうの昔に見抜いていた。これではまるで、お釈迦様の掌ではしゃいでいる孫悟空である。

――言えない。こんなこと、絶対表に出せない。

舞衣は事件の真相を、自分の胸の内に封じ込める決意を固めた。

舞衣は沖野と白鳥から充分な距離を取り、受話器を両手で覆い隠し、念の為に声を潜めてから、どうしても気になっていることを、言葉を選びながら尋ねた。

「あの、つかぬことをお伺いしますが。秘密を知っていたことを、どうしてご主人に言わなかったんですか」

「せっかく隠そうとしているのに、教えちゃったら可哀相じゃないですか。知らないふりをしてあげるのが、妻としての嗜みですよ」

三奈子はイタズラっぽい口調でそう答えた。

第四話

化学探偵と悩める恋人たち

1

浅沼浩介はカーペットの上に正座して、引越し後の荷解きをしている聖澤涼子を見つめていた。

薄手のパーカーに、脚線美を際立たせるスリムなジーンズ。ロングの黒髪は、今は首の後ろで簡単にまとめられている。スポーティな格好をしても、涼子の魅力は少しも損なわれていない。

浩介はごくりと唾を飲み込み、こっそり太ももをつねった。普通に痛い。

——よし、夢じゃない。

年上の、この美しい女性と、これから一つ屋根の下で暮らしていく。浩介は改めてその事実を認識した。俗に言う同棲である。

ありとあらゆる期待が、はちきれんばかりに全身にみなぎっている。ちょっとしたはずみで、熟したホウセンカの実のようにぱちんと破裂してしまいそうだ。

腰の横でぐっと拳を握り締め、浩介は室内を見回した。

十六畳の広さを誇るリビングダイニングはフローリング仕様で、買ったばかりの白いカーペットが中央に敷いてある。家具はまだほとんどない。ソファーや冷蔵庫は、明日届くことになっている。家賃は十万五千円。二人で暮らすには充分な広さだ。

浩介は再び視線を涼子に向けた。彼女は黙々と段ボール箱の中身を確認している。

手を伸ばせば触れるところに、愛する人がいる——。その事実を意識すればするほど、誰が見ても十八禁間違いなしの桃色の空想が次から次へと湧いてくる。そのまま鼻から血としてあふれかねない勢いである。

いや、と浩介は首を振った。ただの妄想ではない。これはれっきとした未来予想図であり、今夜にも実現するはずの光景なのだ。

浩介は自らを鼓舞するように、「うしっ」と気合を入れた。

「りょ、涼子さん」

上ずった声で呼び掛けると、涼子は作業の手を止め、「何か」と振り返った。

「あの、こちらへどうぞ」

浩介は右の手のひらを丁寧に差し出し、自分の前に座るように促した。涼子は怪訝な表情を浮かべながらも、浩介と向き合う形で腰を下ろした。

「どうしたんですか、急に」

「えっとですね。なんていうか、僕って結構、お約束を大切にするタイプなんです」

涼子がこくりと頷く。

「ええ、そうですね。誕生日のプレゼントとか、クリスマスデートとか、バレンタインデーのチョコレートとか、そういう商業主義的なイベントが好きそうに見えます」

「……褒(ほ)めてませんよね、それ」

「そうでもないです。純粋なことは、悪いことではないと思います」

涼子はあくまで真顔である。恋人同士の会話とは思えないよそよそしさだが、いつものことなので、浩介はそんなことではへこたれない。

唐突に膝(ひざ)の前で三つ指を突くと、浩介は深々と頭(こうべ)を垂れた。

「不束者(ふつつかもの)ですが、何卒(なにとぞ)よろしくお願いいたします」

これぞお約束の一言である。きっと彼女も同じ言葉を返してくるだろう。浩介はそう信じていたが、涼子は顔をしかめ、「……やめてください」と呟(つぶや)いた。

「えっ」

「私たちは結婚するわけではありませんので」

「で、でも、これから一緒に生活していくわけですし……」

「それはそうですが、過剰に丁寧にする必要はないでしょう」

「そんなつもりは……」

浩介はいきなり不安になった。付き合っていると思っていたが、それはもしかすると、自分の果てしない勘違いの産物だったのではないか。自分一人が暴走していただけで、単なるルームメイトとしか見られていないのではないだろうか——その可能性が、妙にリアルに脳裏をよぎった。

「念の為に伺いますが……僕たち、恋人同士ですよね」

「ええ、そうですね」

「ですよね！」

涼子の一言で、いったんはしぼみかけた桃色妄想が再び活況を取り戻した。恋人同士なら何も遠慮する必要はない。あとは、妄想と現実の間の橋渡しをしてやるだけだ。

浩介は満面の笑みを浮かべて言った。

「じゃあ、これからの方針を決めましょう！」

「何の方針ですか」

「ええと、つまりですね……その、けじめを付けないとダメだと思うんです」

「ああ、そういうことですか」涼子は神妙な様子で頷く。「確かに、お金の問題は大切です。共通の口座を作って、そこに生活費を振り込むようにしましょう」

「それも大事ですけど、そうじゃなくって」

「他になにかありますか」

浩介は人差し指でカーペットに「の」の字を書きながら言った。

「できちゃった結婚って、だらしないと思うんですよ」

「……そういう意味ですか」

涼子は眉間にしわを寄せ、大きなため息をついた。

「あの、涼子さん……？」

「申し訳ありませんが、肉体的な接触は避けていただきたいと思います」

「えっ！」浩介は反射的に叫んでいた。「それは……どこまでアウトなんですか」

「定義はシンプルです。皮膚が触れ合うことです」

あまりに明確かつ無慈悲な線引きに、暴発寸前まで高まっていた期待がへなへなと音を立てて萎えていく。

「そんな……。せっかく、一緒に暮らせるのに……」

浩介はぶつぶつと独り言をこぼし、「そうだ！」と顔を上げた。

「皮膚がダメでも、服の上からならいいんですよね！」

「……定義の上ではそうですが」

「じゃあ、おっぱいに触るのはアリですか？」

浩介は最高の笑顔で言った。すると、涼子は眉間のしわを一層深くして、よく手入れされた錐のような眼差しを浩介に向けた。

「ナシです」

「え、だって……」

浩介のすがりつくような視線を振り払うように、涼子はすっくと立ち上がった。

「なぜ胸を触る必要があるんですか。意味のない行為を拒否する権利を行使します」

「あ……」

自分が最低な提案をしたことに気づき、浩介はそこでようやく我に返った。同棲生活初日である。いきなり出て行かれたりしたら、もう首をくくるしかない。

自分の意思ではないことをアピールするように口の端を引っ張って、「すみません、つい興奮してしまいました！」と浩介は素直に謝罪した。「忘れてくださいっ！」

「ええ、忘れます。とにかく、過度な交流は避けて、お互いの良いところ、悪いところをしっかり見極めるようにしましょう」

「分かりました！」

ここぞとばかりに、浩介は威勢よく答えた。

「共同生活を通して、僕たちがもっと親しくなれたら、『触れてはいけない』ってルールはなくなりますよね」

そうなるのが当然とばかりに、浩介は自信たっぷりに言った。しかし、涼子の表情はこわばったままだった。

「それはたぶん難しいでしょう」

そっけない口調でキツい一言を放って、涼子は段ボール箱を開封する作業に戻った。

浩介は唖然（あぜん）としたまま、たっぷり五分ほど涼子の背中を見つめ続けたのだった。

それから一週間後。

五郎丸（ごろうまる）早苗（さなえ）は、古びたアパートの自転車置き場から、はす向かいに建つ、新しいマンションを見つめていた。

三階の右端、ベランダに面したガラス戸。すでに二時間前に明かりは消えていたが、室内に彼が――浅沼浩介が寝ていると思うと、それだけで胸が高鳴った。

携帯電話を取り出し、時刻をチェックする。午前二時三十分。さっき電話をかけてから、そろそろ一時間になる。

ふふ、と闇（やみ）の中で笑って、早苗は浩介の自宅の電話番号を画面に表示させると、躊躇（ちゅうちょ）なく通話ボタンを押した。

ぷぷぷ、と軽妙な電子音が流れ、電話が繋（つな）がる。携帯電話を手に、部屋のガラス戸を見つめる。さすがにここまでは聞こえてこないが、リビングでは呼び出し音が鳴っているはずだった。

電話に出てくれることを期待しながら、ベッドの中で浩介が顔をしかめる様子を想像する。こらえようとしても頬（ほお）が緩む。楽しくてしようがない。

と、そこでカーテンの向こうに明かりが灯った。

お、と携帯電話を強く耳に押し当てたが、受話器が上がると同時にすぐに切られてしまった。

どうやら彼女が先に起きてしまったらしい。浩介なら、一応「もしもし？」と言ってくれるはずだ。ちょっと残念だが、チャンスはまだまだたっぷりある。

また一時間後ね、と呟いて、早苗は携帯電話にキスをした。

早苗は生粋のストーカーである。ストーカー歴はかれこれ六年にもなる。

きっかけは、高校一年の時分に遡る。当時、早苗は一学年上の先輩に片思いをしていた。バスケ部のキャプテンで、周囲の女子生徒からの人気も高かったが、早苗は思春期特有の思い込みにより、告白は成功すると根拠もなく信じていた。自信満々で告白し、そして、見事に玉砕した。

ごめん、俺、彼女いるから——その一言が、早苗の心を深々と貫いた。失恋に伴う、人生最大の衝撃が早苗に襲いかかったのである。

三日間、食事も喉を通らないほど苦しみ、早苗は一つの結論に到達した。

やっぱり諦めたくない。

矢も楯もたまらず、真夜中、早苗は自宅を飛び出した。何かをしようとしたわけではなかった。とにかく、先輩の近くにいたいと思っただけだった。衝動のままに街を駆け抜け、やがて早苗は先輩が住むマンションにやってきた。

と、そこで早苗は、マンションに隣接する公園に人影があることに気づいた。先輩と、その交際相手が、ベンチで並んで話をしていたのである。

手を繋ぎ、楽しげに言葉を交わし合う二人を見た瞬間、頭の中が真っ白になった。

早苗は足元に落ちていた空き缶を手に取り、「うぬあああーっ！」と奇声を上げ、空き缶を二人に向かって思いっきり投げつけた。無意識の行動だった。

空き缶は、公園に設置されていたブランコのフレームを直撃し、夜をつんざく鋭い音を立てた。いきなりの攻撃に、ベンチの二人は慌てて公園を逃げ出した。

早苗は誰もいなくなったベンチを眺めながら、体中を駆け巡る快感に震えていた。

幸せそうな二人の邪魔をする。背徳感あふれるその行為に、早苗は一発でハマってしまった。

早苗のストーキングターゲットは、交際相手がいる男性に限られている。といっても、相手に直接危害を加えることはしない。電話や手紙、メールなどを駆使して、ひたすら嫌がらせをしまくるのである。

邪魔者の存在は、幸せな日常にさざなみを立てる。甘ったるい世界が、徐々にぎすぎすした空気を帯び始め、やがて二人は別れを迎える。そのプロセス自体がこの上なく楽しい。異常な趣味だと分かっていても止められない。

破局を見届けた時点で、早苗は別のターゲットを探し始める。早苗は「ターゲット候補リスト」なるものを作成していた。自分好みの男性の住所や電話番号をまとめたリストであり、この中から次の標的が選ばれる。

浅沼浩介は大学四年生。早苗と同い年だ。彼女がいることは以前から知っていたが、ターゲット候補リストの順位は第三位だったため、ストーキングにはまだ及んでいなかった。ところが、浩介は先週から同棲を始めた。彼女との仲が深いほど壊す喜びは大きくなる。ということで、早苗はさっそくイタズラ電話を始めたのだった。

相手の自宅近くから電話をする、というのは早苗のポリシーだった。目の届く範囲で、相手が慌てふためく様子を想像する快感を味わうためである。

「……ふああっ」

早苗は小さくあくびをした。次の電話まで一時間ある。ストーキングのために仮眠を取ってはいるが、待ち時間はさすがに退屈だ。それに、あまり長居をすると、見回り中の警官に見咎められる危険性も出てくる。趣味は大切だが、逮捕されては元も子もない。いったん家に帰って、また戻ってこよう。そう決めて、駐輪場に停めてあった自転車に乗ろうとしたところで、微かな足音が聞こえてきた。

視線を向けると、浩介のマンションから誰かが出てくるのが見えた。

街灯の光に照らされた横顔に、目が釘付けになる。女として純粋に嫉妬してしまうような、整った容貌。浩介の同棲相手の、聖澤涼子だった。

涼子は右手にビニール袋を持っていた。辺りをうかがうように、慎重な足取りでマンション脇のゴミステーションに向かう。どうやらゴミ出しに来たらしい。

　早苗は涼子がマンションに戻るのを見届けて、そっとゴミステーションに近づいた。

　幸い、鍵は掛かっていない。金網でできたドアを開けて足を踏み入れ、携帯電話に付いているライトで辺りを照らす。

　棚の隅に、白い袋が一つ、ぽつんと置いてある。〈セブンスヘブン〉という、大手コンビニチェーンのレジ袋だった。

　思わぬ戦果に早苗はにんまりと笑って、バレーボール大のゴミ袋を手に取った。捨てる側にとってはゴミでも、早苗にとっては大切なコレクションだ。

　獲物をゲットしたら、長居は無用だ。早苗はくノ一のごとき身のこなしでゴミステーションを脱出すると、足早に駐輪場に戻った。

　お宝の確認タイムはいつでも緊張する。早苗は高鳴る心臓をなだめるように何度か深呼吸を繰り返してから、袋の結び目をほどいた。

　覗き込んでみると、袋の中にはシュレッダーくずが入っていた。手で掻き回してみるが、他には何も入っていない。

「……なあんだ」

　肩透かしを食らった形になったが、せっかくなので、そのまま持ち帰ることにした。特に使い道はなくても、集められるものは集めたかった。

振り返って浩介のマンションに目を向けると、部屋の明かりはすでに消えていた。涼子は再び眠りについたらしかった。

「一時間後にまた起こされるのに」

そうひとりごちて、早苗はいびつな笑顔を浮かべた。

自転車にまたがり歩道に出ると、早苗は近くの電信柱に貼られた、この地区のゴミの収集日をチェックした。燃えるゴミは火曜と金曜。燃えないゴミは木曜。頭に曜日を刻み付け、早苗は自転車のペダルを踏み込んだ。

「やっぱり、ゴミを狙うなら朝だよね」

2

昼休み、舞衣は自分の席で、『四宮大学広報』を開いていた。

十ページほどの、この薄い冊子は、四宮大学内で勤務する教員や事務員に配られるものだ。学内で開催されたイベントの報告だけでなく、研究室の紹介記事や、職員の異動、はたまた結婚やおめでたの話題まで載っている。

今月は、薬学部の助教の男性と、同じ研究室の秘書の女性が籍を入れたそうだ。研究室のメンバーのお祝いコメントが顔写真付きで載っている。

「……結婚、かあ」

舞衣は周囲に聞こえない程度の声でぼそりと呟いた。

舞衣とて妙齢の女性である。無論、結婚にはそれなりに関心がある。いずれは誰かと家庭を持ち、新居で共同生活を始めることになるのだろうとも思う。しかし、想像はあくまで想像であり、いまいち具体性に乏しい。自分はいつか死ぬ、という事実と同じくらいピンと来ない。

と、そこで昼休みの終了を告げるチャイムが、事務室内に響き渡った。

ま、そのうちなるようになるか。舞衣はぱたんと四宮大学広報を閉じ、机の上に投げ出した。

「七瀬くん、ちょっと」

呼び掛けられて振り返ると、すぐ後ろに猫柳が立っていた。おなじみの禿頭隠蔽ヘアーは、今日も芸術的だ。不健康な顔色も相変わらずである。

伝えたいことがあります、と手招きして、猫柳は部屋を出て行く。舞衣は呼ばれるままに、猫柳と共に近くの小会議室に入った。

「何かありましたか」

「実は、午前中に事務局のスタッフ会議がありまして。なるべく早期に、メンタルヘルスケア対策を講じることになりました」

「ああ、学生さんからの相談を受け付けるアレですね」

「そうです。これまでは、職員が非公式に対応してきましたが、それでは責任の所在がはっきりしないので、庶務課内に担当者を置くことになりました」

「はあ、なるほど。それは大切なことですね」

舞衣はさしたる考えもなく、反射的に相づちを打った。

すると、猫柳は待ってましたとばかりに、「そう言ってもらえるとありがたいです」と頷いた。「やはり、私の考えは間違っていなかった」

「……と、言いますと」

「七瀬くんに、担当者になってもらいたいのです」

「やっぱりそう来ますよね」と、舞衣は嘆息した。

役目を与えられたこと自体は嬉しい。だが、メンタル関連の相談には、相手を思いやるデリケートさが必要になる。好奇心の強さだけが売りの自分には、どうにも荷が重い仕事に感じられて仕方がなかった。

舞衣のテンションが下がったのを見て、「どうしました」と猫柳が声を掛けた。

「非常に光栄ですけど、私に務まりますかね」

「大丈夫です。七瀬くんには適性があります」

「ホントですか？」

「ええ。庶務課で働き始めてまだふた月も経っていないのに、非常に精力的に動いてくれています。それだけの意欲があれば、きっとどんな問題に対しても、真摯に取り組むことができるはずです。まずは相手の話をじっくり聞き、最適な対処法を考えてください。学内外の専門家への相談はもちろんですが、時には職務を超えて問題解決に当たらねばならないこともあるでしょう。強い熱意が肝心なのです」

猫柳は本気で仕事を任せるつもりのようだ。ならばと舞衣は覚悟を決めた。

「分かりました。力不足だと思いますが、精一杯頑張ります」

「頼もしい返事です。では、よろしくお願いしますよ」

猫柳は満足げな笑みを浮かべて席を立った。

と、その時、会議室の隅に設置されている電話が鳴り出した。近くにいた猫柳が受話器を持ち上げる。

「――はい……ああ、そうですか。分かりました、ではこちらに通してください」

猫柳は簡単な受け答えを終え、舞衣に視線を向けた。

「相談者が来たそうです。ということで、さっそく仕事をしてもらいます」

「え、今からですか」

「これも何かの縁でしょう。健闘を祈ります。では、私はここで」

さらりと告げて猫柳が会議室を出て行くと、替わりに一人の男子学生が部屋に入ってきりした顔があった。眉毛がハの字になっていて、いかにも人が好さそうだ。ただ、その表情にははっきりした翳がある。「僕、悩んでます」と言わんばかりのしょんぼりっぷりだ。

ともあれ、相談に来たからにはきちんと対応しなければならない。相手にリラックスしてもらおうと思い、舞衣は営業スマイルを浮かべた。

「メンタルヘルスケア担当の七瀬です。どうぞお掛けください」

「……文学部四年の浅沼浩介です。よろしくお願いします」

悄然と椅子に腰を下ろし、重い荷物を運び終えたというように、浩介は息をついた。

「どういったご相談ですか」

「……僕、最近、彼女と一緒に住み始めたんです」

「それはそれは。おめでとうございます」

どう表現するのが適切なのか分からず、とりあえず舞衣は祝辞を口にした。しかし、浩介の表情はすぐれない。

「全然、おめでたくないですよ」

「はあ、さっそくケンカでもしましたか」

「ケンカならまだいいですよ。そうじゃなくて、彼女の態度が不自然すぎるんです」

「どのように不自然なんでしょうか」

「楽しそうじゃないんですよ、これっぽっちも」と、浩介は首を振った。「同棲ですよ、同棲。普通なら、ワクワクするでしょ」

経験がないので分からなかったが、舞衣は「ですよねー」と同意した。知りませんけど、などと正直に言うと、相手に呆れられかねない。

「女性だってそう思うでしょう？　それなのに、絶対に体に触らないでくれ、って言うんですよ」

おっと、と舞衣は口をすぼめた。どうやらこれは、かなり赤裸々な相談らしい。

相談員である前に、一人の女性として非常に気になる話題ではある。好奇心が顔に出ないように、なるべく真面目な表情をキープすることを心掛けねばならない。

「もう少し詳しく話していただけますか」

「正直、僕は期待していました。それこそ新婚生活みたいにイチャイチャできると思い込んでました。例えば朝。『もう、遅刻しちゃうよー』なんて優しく起こされて、ふらふらと寝室を出て行くと、エプロン姿の彼女が朝食の準備をしてて、朝の挨拶代わりに軽くチューしたりして、炊き立てのごはんと味噌汁と卵焼きの朝食を二人で食べて、僕が洗い物をしている間に彼女が身支度を整えて、二人で家を出て、手を繋いで、一緒に大学に行く――みたいなのを考えていたんです」

浩介は妄想を一気に吐き出して、はあ、とため息をついた。

「でも、現実は全然違ってました。朝起きたら、向こうはもう出かける準備万端で、前日に買っておいた菓子パンを一人で食べてて、僕は自分でコーヒーを淹れて、自分で焼いた食パンをもさもさ頬張って……。家を出るタイミングはバラバラだし、これじゃあ、本当にルームシェアと変わらないですよ」

「彼女さんは、どういう方なんですか」

「聖澤涼子、っていう名前なんですけど。僕より二つ年上で、クール系美女って感じの、すごく綺麗な人です。あ、写真見ます？」

頼んでもいないのに、浩介はいそいそと携帯電話を取り出した。画面には女性の横顔が映っている。黒髪ロングで瓜実顔の、色白美人だった。背景からすると、図書館内で撮影されたものらしい。

「これ、僕の宝物なんです」浩介はそこで初めて笑顔を浮かべた。「初めて見かけた時に思わず撮影した写真で。それ以来、ずっとケータイの待ち受けにしてるんです」

「落ち着いた雰囲気がありますね。あと、すごく真面目そうに見えます」

舞衣はそう評して、携帯電話を浩介に返した。

「見えますっていうか、本当に礼儀正しくて、物静かな人なんです」

「なら、今の状況も不思議ではないと思います。きっと、貞操観念がしっかりしているんですよ。同棲はしても、結婚するまでは一線を越えない、というルールを守っているのではないでしょうか」

「……そうなんでしょうか。確かに、僕たちはまだ清い関係を保っています。付き合い始めて半年になりますけど、まだ手も繋いでないですし」

「マジですか！」ありえない告白に、我知らず声が大きくなる。「それでよく同棲に同意してもらえましたね」

「実はダメもとだったんですけどね。デートの帰りって、すごく寂しいじゃないですか。一日ずっと一緒だったのに、離れなくちゃいけない。だから、別れ際に言ったんです。『同じ家に住んでたら、さよならを言わなくて済むのに』って。そうしたら、『じゃあ、同居しましょうか』って言ってくれて……」

「ところが、いざ住み始めてみたら、妙にそっけない、と」

「それだけじゃなくて……時々、辛そうにしています。僕が話しかけても、避けるように自分の部屋に向かうこともあります」

「……うーん、確かに不可解ですね」

「どうして彼女があんな表情をするのか、分からないんです。同棲に同意してくれたのに、いざ住み出したらため息ばかりで。悩みがあるのか、と尋ねても、『別に』としか言ってくれないですし……」

「なるほど。原因はともかく、事情は分かりました。それで、浅沼さんはどうしたいとお考えでしょうか」

浩介はテーブルの上で拳を握り締めた。

「彼女がどうして落ち込んでいるのかを調べてもらえませんか。できれば、涼子さんに気づかれないように」

「本人にコンタクトを取るのではなく、こっそり調査をしろということですか」

浩介はテーブルに額を押し当てんばかりに、深々と頭を下げた。

「すみません。本来なら、興信所にでも頼むのが筋なんでしょうけど、引っ越しでお金がなくなっちゃって……」

「分かりました」舞衣は力強く答えた。「できる限りのことはやってみます」

メンタルヘルスケア担当という役職を引き受けた以上、いきなり「できません」とは言いたくなかった。

どんな仕事でも全力で取り組む——舞衣が就職面接で口にした言葉だ。それは自分の本心だった。その場かぎりの綺麗事で終わらせるつもりはない。

「とりあえず、周囲の方にそれとなく話を聞いてみます。聖澤涼子さんは、どちらの学部に所属されているんですか」

「理学部の……なんて言ったかな。確か、〈先進化学研究室〉とかいうところだったと思いますけど」

舞衣は首をかしげた。

なんか、どこかで聞いたような名前なんですけど……？

3

午後。舞衣は理学部一号館を訪れていた。

ロビーを通り抜け、黒いラバーで覆われた手すりを撫でながら二階へ。ここに来るのはこれで何度目だろうか。辺りに漂う薬物臭にもすっかり慣れてしまった。

階段を上がりきって、廊下の奥にある部屋に向かう。ドアプレートには、〈先進化学研究室〉の文字がはっきりと刻まれている。

今日はいつもと違い、きちんとアポイントメントを取ってあった。舞衣はこほんと軽く咳払いをして、ドアをノックした。

「――どうぞ」

抑揚のない、感情を欠いた声が返ってくる。

ドアを開けると、部屋の中からかぐわしいコーヒーの香りがあふれ出した。

ソファーに掛けていた沖野が「来たか」とそっけなく舞衣を迎えた。テーブルには、褐色の液体が入ったガラス製のコーヒーポットが置いてある。

「なんですかこれ。すごいいい匂いがしてますけど」

「浦賀先生にいただいた特別な豆だからな。君も飲むか」

「もちろんいただきます」

舞衣はいつものように来客用のソファーに腰を落ち着けると、テーブルにあった空のカップにコーヒーを注いだ。

「どういう風の吹き回しですか？　いつもは水すら出してくれないのに」

「人聞きの悪いことを言わないでくれ。来客があれば飲み物と茶菓子くらいは準備する。事前に連絡してくれれば、という前提付きだが」

「しょうがないじゃないですか。連絡したら来るなって言われそうだし、断られたのに顔を出したら、もっと感じが悪くなるし。強引に押しかけるのがベストなんです」

沖野は呆れ顔で首を横に振り、コーヒーを口に運んだ。

「……自覚があってやってたのか」

「もう！　そんなに邪険にしないでくださいよ。私、沖野先生のこと結構好きですよ」

「なっ」

がしゃん、と派手な音をさせて、沖野はカップをソーサーに戻した。

「あ、動揺しましたね？」

「………」沖野は舞衣をひと睨みして、テーブルにこぼれたコーヒーを冷静にティッシュで拭いた。「さっさと本題に入ってくれ」

「別にからかうつもりで言ったんじゃないですよ。恋人、とは言わないですけど、お友達にはなりたいと思いますもん。ラブじゃなくてライクです。ラ・イ・ク」

「聖澤くんの件で、聞きたいことがあるそうだが」

沖野は舞衣の言葉を完全に無視した。取り付く島もないとはこのことだろう。これではいじり甲斐がないので、舞衣は調査業務に移ることにした。

「まずは確認ですけど。聖澤涼子さんは、先生のところの学生さんですよね」

「ああ。修士課程の二年だ。俺がこっちに移ってきて、最初に受け持った学生の一人だ。専門は糖質化学。免疫刺激・調節作用のある複合糖質、複合脂質の化学合成と機能解析を行っている。もっと詳しく話そうか？」

「結構でーす」舞衣はぷるぷると首を振る。「聞いてもちんぷんかんぷんですので」

「だろうな」

「……なんで納得するんですか」

「なんで納得したらいけないんだ」

「……もういいです。それで、聖澤さんのことですけど。彼女が四月から同棲を始めたという話は知ってますか？」

「いや、初耳だな」

「でしょうね」

お返しとばかりに、舞衣は大げさに頷いてみせた。

「なんで納得するんだ」

「だって、先生って学生さんとプライベートな話をしなさそうですもん」

ふん、と沖野は鼻から息を吹き出した。

「確かに、自分の方から持ち出す話題じゃない。セクハラだのアカハラだの、最近は色々とうるさいからな」

「安心してください。先生が告発されたら、全力で無実を証明してあげますから」

「そいつはどうも。で、同棲をしたからどうだっていうんだ」

「それがですね——」

舞衣はコーヒーで喉を湿らせてから、浩介に聞いた話をありのままに伝えた。

それを聞いて、「庶務課もなかなか大変だな」と沖野はしみじみ呟いた。「今度は本職の探偵の真似事とは」

「仕事ですから仕方ありません」と答えて、舞衣は菓子器の中の雷おこしを口に放り込んだ。

「で、どうでしょう。聖澤さんの悩みの正体、心当たりはありませんか」

「残念ながら、特にはない。四月以降、態度が変わったということもない」

「周囲との関係はどうですか？　例えば、別の男性に言い寄られてるとか」

「そういう話も聞いたことはないな。彼女は毎日、黙々と実験をしている。ただ、あまり人付き合いはよくないようだ。食事も一人でとっているし、たまに開催される研究室の飲み会にも参加しない」

「見事なまでの理系女子ですね。やっぱり、朝は早くて夜は遅いんですか」

「それは偏見だ。ウチの研究室では、実験の効率性を重んじるように指導している。長時間の実験は体調を崩す原因になるし、効率も良くない。だから、俺は意識的に実験量に制限を掛けているんだ。一日の滞在時間は最大で十二時間。そういうルールを課している。聖澤くんも、いつも午後八時には帰っている」

「つまり、聖澤さんは働き過ぎてもいないし、特に悩んでいる様子もない、と。こういうことですね」

「そうだな」と頷きかけて、ふと沖野が動きを止めた。「……そういえば」

「お、何か思い出しましたか」と舞衣は身を乗り出した。

「いや、大したことじゃないんだが」

「いいから言ってくださいよ」

「いま言うところだ。聖澤くんは月に一度くらい、午前中を休みにして、午後から大学に来る。研究室に入った当初からそうだったな。始業時間が決まってるわけじゃないから、特に問題はないんだが……どうした、顔が怖いぞ」

「……なんとなく臭いますね、これは」

「そんなに食いつかれるとは思わなかったな」

「秘密の臭いには敏感なんですよ」

「悪趣味と言わざるを得ない」沖野は肩をすくめた。「で、どうする。尾行でもしてみるつもりか？」

舞衣は唇に人差し指を当て、しばらく黙考してから頷いた。

「それしかないでしょうね。聖澤さんには言わないでくださいよ」

「多少気が引けるが、本当に彼女が悩んでいるなら、解決してもらうにやぶさかではない。一応は協力しよう」

「助かります。で、次に午後登校になるのはいつですか」

「今月はまだだ。普段のパターンからすると……明日かあさってだな」

舞衣は沖野に向かって親指を立ててみせた。

「グッドタイミング、ってやつですね！」

4

翌朝、舞衣は大学から徒歩十分のところにある、〈カーサ四宮〉の前にいた。タイル調の外壁を持つ、七階建てのこのマンションに、浩介と涼子が住んでいる。

怪しまれないようにと、マンションの正面、片側二車線の通りを挟んだ向かいにあるパン屋で朝食を物色していると、携帯電話に着信があった。浩介からだった。

舞衣はウインナークロワッサンに伸ばしかけていたトングを引っ込めて、トレイを持ったまま外に出た。

「もしもし？」

「あ、どうも。七瀬さんに言われた通りに、一緒に行こうって誘ってみたんですけど、『今日は午後からだから無理です』って断られちゃいました」

「そうですか。理由は言ってました？」

「銀行と郵便局に用があるそうです」

「分かりました。じゃ、私は予定通りに尾行に入ります。このことを涼子さんに勘付かれないようにしてくださいよ」

「分かってますって」

自然な感じで家を出るように言い含めてから、舞衣は通話を終わらせた。

振り返ると、パン屋の店員が怪訝な視線を舞衣に向けていた。慌ててトレイを返し、ぺこぺこと頭を下げて歩道に出た。

どこかで、涼子が出てくるまで時間を潰さなければならない。軽く歩道の左右を見回すと、パン屋の隣に若干くたびれ気味のアパートがあった。アパートの横手、パン屋の敷地との隙間に設けられた自転車置き場は、身を隠すのにもってこいだ。

　これ幸いとそちらに向かうと、駐輪場には先客がいた。背の低い女の子が、赤い自転車にまたがって携帯電話をいじっている。住人との待ち合わせだろうか。

気配に気づき、彼女が顔を上げる。髪が短く、剝き出しになった額の真ん中に大きなほくろがある。目の細い感じといい、奈良の大仏を連想させる風貌である。

　その時、あれ、と舞衣は既視感を覚えた。その大仏的女子になんとなく見覚えがあったのだ。どこかで会ったことがあるような気がするが、思い出せない。

　彼女を凝視している自分に気づき、舞衣は慌てて顔を背けた。不審者扱いされて騒がれでもしたら、尾行どころではなくなってしまう。監視に最適な一等地を諦め、舞衣は歩道に戻った。

　再び辺りを見回すと、通りに面したバス停が目に入った。カーサ四宮のエントランスまでは三〇メートルほど。ここも悪くはなさそうだ。バス待ちの短い列ができていたので、何気ない顔で後ろに付いた。

　携帯電話を見るふりをしながら時間を潰していると、十分ほどでゴミ袋を手にした浩介が一人で出てきた。

　浩介はマンションに隣接するゴミステーションの扉を開けてゴミ袋を投げ込むと、舞衣に背を向ける形で歩き出した。方向からして、まっすぐ大学に向かうようだ。

ぼんやり浩介の後ろ姿を見ていると、ふいに赤いものが視野をよぎった。さっき駐輪場に停まっていた自転車だった。乗っていた若い女はカーサ四宮の前に自転車を停め、手ぶらでゴミステーションに入っていった。

なにをしているんだろう、と眺めていると、彼女は一分もしないうちに外に出てきた。手には丸く膨らんだゴミ袋を持っている。女の子は嬉しそうにゴミ袋を自転車の前かごに収めると、すばやくサドルにまたがり、そのまま走り去ってしまった。

今のはなんだったのだろう。間違えて捨てて、慌てて取りに戻った……のだろうか。しかし、はす向かいのアパートにいた理由がよく分からない。

舞衣はなんとなく釈然としないものを感じたが、聖澤涼子がエントランスに姿を見せたので、そこで思考を中断した。いよいよ追跡開始である。

カーサ四宮を出た涼子は、浩介とは逆方向に歩き出した。グレーのジャケットにジーンズという、比較的ラフな装いだ。

舞衣は顔を伏せ、涼子が通り過ぎるのを待ってバス停を離れた。

幹線道路沿いの歩道にはそれなりに人の姿がある。尾行にはうってつけの状況だ。適度な距離を開けて追跡すれば、怪しまれることはなさそうだ。

歩きながら、腕時計に目を落とす。午前八時五十分。もうすぐ始業時刻だが、前もって猫柳課長には連絡してあった。学外での業務という扱いにしてもらったので、貴重な有給休暇を消費せずに、気兼ねなく任務に集中できる。

涼子の足取りには迷いがない。目的地が頭にあると感じさせる歩き方だった。しかも、歩くスピードが結構速い。見失わないように目を凝らして、舞衣も足早にあとを追う。

しばらくまっすぐ進み、涼子はふいに角を曲がって路地に入った。慌てて距離を詰めると、駅に入っていく彼女の横顔が見えた。電車に乗るらしい。

人混みに紛（まぎ）れて駅構内に足を踏み入れる。通勤時間帯も終盤だが、まだ人は多い。涼子は券売機にできた行列に並んでいた。いちいち切符を買っているところを見ると、あまり電車には乗らないらしい。舞衣はＩＣカードを持っていたので、それを使って先に改札を抜けた。

トイレの前で待っていると、涼子は上り線のホームに続く階段を上がっていった。ちょうど電車が来ているようだ。舞衣は急ぎ足でホームに上がり、何食わぬ顔で彼女の隣の車両に乗り込んだ。

線路沿いの景色を眺めながら揺られること五分あまり。電車は二つ隣の駅、〈四宮北口〉に到着した。この路線の終着駅で、同じ鉄道会社の別の路線に繋がるターミナル駅でもある。

涼子は乗り換えのために隣のホームに向かった。どこまで行くつもりなのだろうか。

涼子がいくらの切符を買ったのか確認しなかったことを後悔しつつ、尾行を継続する。

四宮北口駅から南に伸びる短い路線で二駅。そこで涼子はさらに別の路線に乗り換えた。舞衣は隣の車両から、それとなく涼子の表情をうかがい続けていた。目的地に近づいているせいか、涼子の表情は硬さを増していくように見えた。

涼子は二度目の乗り換えから三駅目、〈向川〉で電車を降りた。その名の通り、四宮市内を流れる向川のすぐ脇にある駅で、ホームに降り立つと、川のせせらぎが聞こえてくるほど近い。アオサギが優雅に川の中洲に佇んでいるのが見える。

涼子はまっすぐに改札を抜けると、タクシー乗り場とバス停を素通りして、コンビニや弁当屋が立ち並ぶ通りに入っていった。徒歩移動と来れば、いよいよ目的地は近いと見てよさそうだ。

五分ほど涼子の後ろを歩いていると、左手前方に背の高い建物が見えてきた。涼子は立ち止まることなく、その建物に入っていった。

「……ここ？」

入口に駆け寄ると、自動ドアの脇に掲げられた看板が目に入った。黒をバックに金文字で〈四宮医科大学付属病院〉と書かれている。

四宮医科大学は、高度医療の研究で名を知られている私立大学だ。もちろん、ふらりと立ち寄るような場所ではない。涼子はここを訪れるために、午前中を休みにしたのだ。

さらに尾行を続けるべきか。少し迷って、とりあえず中に入ってみることにした。

広々としたロビーにはずらりとベンチが並んでおり、まだ午前九時半だというのに、七割ほどの席が埋まっていた。座っているのは老人ばかり。この空間の平均年齢を出すと、七十歳を軽く超えそうだった。

立ち止まって涼子の姿を探すと、受付を素通りして奥へと向かう彼女の姿がかろうじて見えた。

ここまで来たらとことん行ってやる、と覚悟を固め、舞衣は涼子のあとを追った。

涼子は暖色系のカーペットが敷かれた通路を進み、エレベーターで上階へ向かった。降りた階数を確認して、舞衣もエレベーターに乗り込んだ。目的地は五階だ。

エレベーターを降りると、目の前を車椅子に乗った子供が通り過ぎていった。掲示板やナースステーションのガラス窓には、アニメのキャラクターの切り抜きが貼られている。どうやらここは小児病棟（しょうにびょうとう）らしい。

こんなところに何の用が……？

立ち止まって通路の左右を見回すが、涼子の姿は見当たらない。どこかの病室に入ったようだが、さすがに一部屋一部屋確認していくわけにはいかない。

「――どうされましたか」

ふいに背中から声を掛けられ、舞衣は思わずつんのめった。

しまった不審者感を露呈してしまった、と振り返ると、自分の母親と同じ年頃の女性看護師が立っていた。

「あら、驚かせちゃったかな」

「いえ、大丈夫です」すっと背筋を伸ばし、舞衣は失点を取り戻すように、よそ行きの笑顔を浮かべた。「先ほど、こちらに若い女性が来られたと思うのですが」

「ああ、聖澤さんのこと？」

「はい。私の知人の親類がお世話になっているようで……」

舞衣は一か八かの賭けに出た。無論、口からでまかせである。

「まあ、そうでしたか。素晴らしい方ですよね、聖澤さんは」

「本当に」と適当に話を合わせておく。「月に一度は来ているようですね」

「そうそう。去年の秋くらいから、ずっと続いてますよ。たまたまロビーで会って、それで仲良くなったらしいですけど、定期的に顔を見せに来てくれる人は少ないですから、あの子も喜んでいますよ」

舞衣は素早く頭の中でストーリーを組み立てた。どうやら涼子は、入院している子供の見舞いのためにここに来たらしい。

「ちなみに……あの子の病状はどうなんでしょうか」

念押しのつもりで、舞衣はさらに質問をぶつける。

「ええ、ずいぶん良くなりました。いくら治療成績が向上したとはいえ、小児白血病はやっぱり難病ですから。聖澤さんもほっとしているんじゃないですか」

「……そうですか」

いたたまれなくなり、舞衣はベテラン看護師に一礼して、逃げるようにその場を離れた。

尾行の最中、好奇心を一度も感じなかったかと問われたら、答えはノーだった。涼子に純粋な心を見せつけられたような気がして、顔が熱くなった。

5

その日の夕方。舞衣は尾行の報告のために、浅沼浩介を事務棟に呼び出した。

「どうでした、涼子さんの様子は」

小会議室に移動するなり、待ちきれない、というように浩介が訊いてきた。とりあえず席に着くように促(うなが)して、舞衣は見てきたことをありのままに伝えた。

話を終えると、浩介は泣き出しそうな顔で「……優しいですね」と呟いた。

「浅沼さんは全然知らなかったんですか、お見舞いのこと」

「ええ。いま初めて知りました。きっと、そのことで悩んでいたんでしょうね」

「そう……なんですかね」

一応、一つの謎は解決した。しかし、涼子の悩みの本質に迫ったわけではない。

「どうしたんですか七瀬さん。表情が優れませんけど」

「いえ、何かこう、もやもやしてて……」

Tシャツのタグが首筋に当たっている時のような居心地の悪さを感じていたが、舞衣はそれをうまく説明できずにいた。何かを見落としているような気がしてならない。

「あ、そうだ。これを聴いてみますか」

そう言って、浩介は自分の携帯電話を取り出した。

「六月に研究室でプレゼンをやるんで、昨日、自宅で発表練習をしてたんです。自分の喋り方をチェックするために録音していたんですけど、ちょうど涼子さんが帰ってきて。いつの間にか僕たちの会話が録音されてました。普段の様子を知ってもらえば、悩みの理由にも気づくかな、って」

「じゃあ、せっかくなので聞かせてもらってもいいですか。……ちなみに、変な声とか入ってませんよね」

「変な声ってなんですか？　幽霊的なものですか」

「いえ、そうじゃなくて、その……アダルト的な」

言葉を選びながら恐る恐る尋ねると、浩介は苦笑とともに首を振った。

「心配しなくても、相談前と状況は何も変わってないですよ。手も握ってないですし。じゃ、再生しますね」

『あ。おかえりなさい』

浩介の声から再生が始まった。涼子が帰宅したところらしい。

『涼子さん。今日は早く帰ったんで、夕食を作ってみたんです。豚のしょうが焼きと味噌汁っていう、簡単なメニューですけど』

『……すみません。でも、もう外で食べてきたので』

涼子の声には覇気がない。それとは対照的な明るい声で浩介は言う。

『いやあ、残念だな。これ、実は作戦だったんです。僕が作ったら、涼子さんも料理をするようになるかなって。ほら、好きな人の手料理って、憧れがあるじゃないですか』

『……以前も言いましたが、私は調理が苦手なんです。食事は外食のみ、と決めているんです。ですから、浅沼さんの期待には添えません』

「ちょっと待ってください」

舞衣はそこでストップを掛けた。

「どうかしましたか」と、浩介は再生を一時停止した。

「なんていうか、会話がやけによそよそしいんですけど。敬語だし、『浅沼さん』なんて苗字で呼んでるし……本当に付き合ってるんですか、これ」

「もちろんですよ。態度はそっけないですけど、気持ちは伝わってますから。涼子さんは僕のことを愛していると確信してます。もちろん、僕も彼女を愛しています」

浩介は瞳を輝かせながら断言した。強がりを言っている目ではない。心からそう信じているに違いないと感じさせる、本気の表情である。

「浅沼さんがそう言うなら……。ちなみに、家事の分担はどうなってます？　例えば、洗濯物はどうですか」

「自分でやることになってますね。お互いの洗濯物は一緒には洗いません。でも、それって仕方ないんじゃないですか。女性用の下着って、洗い方が違ったりするでしょう。男物みたいに雑に洗えないんだと思いますよ」

別々に洗濯をする——まるで、父親の下着と一緒に洗われるのを嫌がる思春期の女子である。どう考えても、同棲するほどラブラブなカップルのすることではない。

確実に嫌われているとしか思えなかったが、あまりに浩介が澄んだ目をしているので、舞衣はつっかえながらも、「まあ、そう……なんでしょう……ね」と、同意した。

「いいですか。じゃ、再生の続きを」

再び二人の会話が始まる。音声の感じからすると、テレビを見ているようだ。ドラマの登場人物のやり取りの隙間を縫うように、浩介が俳優についての説明を挟む。だが、涼子の態度はどうにもそっけない。乾いた相づちを打つばかりで、心ここにあらず、といった様子が、受け答えから如実に伝わってくる。

と、その時。電話の呼び出し音が鳴り始めた。

『あ、またかな。出ますよ』

浩介が受話器を取ったらしい。しかし、会話もせずにすぐに切ってしまった。

「これ、何の電話でした？」と舞衣は尋ねた。

「いえ、ただの無言電話です。最近多いんですよね。引っ越してきてから、一日に七、八回はかかってきます」

浩介は淡々と答える。舞衣は「いやいやいや！」と思いっきりツッコんだ。

「なんでもないことみたいに言ってますけど、それって結構ヤバいじゃないですか」

「そうですか？　別に僕は何とも思ってませんよ。夜中も鳴ってるらしいですけど、一回寝たらそう簡単には目が覚めないですし」

「でも、涼子さんは気にしてるかもしれないじゃないですか。っていうか、絶対気にしてますって！　これが悩みの原因ですよ」

「……そ、そうだったんですか」本当に今の今まで気づいていなかったらしく、浩介は急に慌てだした。「どうしましょう」

「どうもこうも。警察にでも連絡して……あっ」

その瞬間、舞衣の脳裏に今朝目撃した、小柄な女の姿が蘇った。

カーサ四宮のゴミステーションに入り、ゴミ袋を持ち去ったあの若い女。不可解な行動も、彼女がストーカーだと考えれば納得がいく。

「私、今朝、見ちゃったかもしれないです。怪しい人を……ああっ！」

舞衣が叫ぶのを見て、「な、なんですかっ」と浩介が椅子の背もたれに抱きついた。

ビビリまくる浩介をそっちのけにして、舞衣は部屋を飛び出した。庶務課の自分の席に急いで戻り、机の上に置きっぱなしにしていた四宮大学広報を開く。

――あった。

額のほくろ、短い髪、細い目。大仏を想起させる顔つき――間違いない。薬学部のとある研究室の、助教の男性と秘書の女性が結婚したという記事。お祝いのコメントを寄せている面々の中に、彼女はいた。

ストーカーの正体は判明した。しかし、そこから先が問題だ。警察に対応を依頼するのが筋だが、加害者が四宮大学の学生というのは非常にマズい。醜聞（しゅうぶん）の問題もあるが、それ以上に、彼女の経歴に汚点が残ってしまう。将来のことを考えれば、穏便に身内だけで片を付けてやりたかった。

そこまで考えた時、ふと、舞衣は一つのアイディアを思いつく。

学生によるストーカー行為。これはモラルハザードの一例と言ってもいいはずだ。

だとすれば――。

舞衣は大きく頷いて、四宮大学広報を勢いよく閉じた。

6

二日後の木曜日。舞衣は朝からカーサ四宮に来ていた。

隣で沖野が、見せつけるように大きなあくびをした。

「ちょっと先生。もっとしゃんとしてください」

「と言われてもな……」

沖野は頭を搔きながら、バス停の屋根を支える柱にもたれかかった。さっきバスが出たばかりなので、辺りに人影はない。

「どうやってモチベーションを上げればいいんだろう。教えてもらえないか」

「そりゃもちろん、正義感です」

舞衣は拳を強く握り締めた。

「学生がストーカー行為に手を染めてるんですよ。モラル向上委員なんだから、もっと熱くなってください」

「自分で引き受けた役職じゃないからな。そもそも、直接捕まえる必要はないだろう」

「ダメです。現場をちゃんと押さえて、言い逃れできないようにするんです。再発防止のためにも、相手にインパクトを与えなきゃいけないんです」

「それはそれは。ご高説、どうもありがとう」

沖野は大きく伸びをして、カーサ四宮に目を向けた。

「で、本当に来るんだろうな」

「おそらくは」

舞衣はそっと後方を振り返った。アパートの駐輪場に、まだストーカーの女子学生の姿はない。時刻は午前八時過ぎ。浩介は決まって八時半に家を出る。怪しまれないように、直前にやってくるつもりなのだろう。

「無言電話が聖澤くんの悩みの原因、か……。まあ、寝不足が重なれば気分も沈むだろうな。ちなみに、この間の尾行はどうだったんだ」

「涼子さんの外出の件ですか？　あれはですね……」

周囲に意識を配りつつ、舞衣は当日の涼子の様子を説明した。

「病気の子供の見舞い……」

「そうです。立派な方ですよね」

「……どうも引っ掛かるな」

沖野は妙に厳しい表情で呟いた。

「何がですか」

「君が看護師に聞いた話と、聖澤くんの行動には矛盾がある」

「矛盾なんてありましたっけ」と舞衣は首をひねった。

「多少の疑義、くらいだけどな。……そういえば、聖澤くんは体に触れられることを忌避していたようだな」

「そうですね。彼氏さんとは、手を繋いだこともないみたいですよ」

「そうか。もう少し綿密に調べる必要はあるが……もしかすると……」

「もしかすると、なんですか。思いついたことがあるなら、もったいぶらずにさっさと教えてくださいよ」

「いや、これは軽々(けいけい)には話せない。証拠もないしな」

沖野が首を振ったところで、舞衣の視界に赤い自転車が入り込んできた。

――来た。舞衣はさりげなくそちらに視線を向けた。

ストーカー女は路地から通りに出ると、辺りをうかがうように例のアパートの駐輪場に入っていった。あそこでゴミが捨てられるのを待つつもりなのだろう。

舞衣はさっそく浩介に連絡を取った。ストーカーの出現に合わせて、燃えないゴミの入った袋を持って出てくる段取りになっている。

「いよいよですね、先生」携帯電話を握ったまま、舞衣は屈伸をした。「いざという時はお願いしますよ。そのために付いてきてもらったんですから」

「ボディーガード扱いか。過度な期待はしないでくれよ」

「またまた、ご謙遜を。相手はかなり小柄なんです。先生はただでさえ背が高いんだから、負けることはないでしょ」

「だといいんだが……」

　などと言っている間に、浩介がマンションのエントランスに姿を現した。若干動きがぎこちないのは、舞衣たちの目を意識しているせいだろう。

　もっと落ち着きなさいよ、とハラハラしているうちに、浩介はゴミステーションの前まで来ていた。扉を開け、中も見ずにぱっとゴミ袋を投げ込むと、そのまま舞衣たちに背を向け、ぎくしゃくした足取りでその場を去っていった。

　浩介の背中が豆粒ほどの大きさになったところで、赤い自転車に乗った女子学生が駐輪場から出てきた。

　周りを気にする様子もなく、彼女は悠々と通りを横断した。その足は、明らかにゴミステーションに向かっている。舞衣は相手に気取（けど）られないように、こっそりその姿を携帯電話で撮影した。これで言い逃れはできないはずだ。

「行きましょう！」

　舞衣はバス停を離れ、足早に通りを渡った。素早く振り返ると、沖野はチノパンのポケットに手を突っ込み、いかにも気乗りしないといった様子で付いてきていた。

ストーカー女は歩道のガードレールにもたせかけるように自転車を停め、辺りをうかがう様子も見せずに、堂々とゴミステーションに入っていった。

カーサ四宮の玄関付近で待つように沖野に指示を飛ばし、舞衣はゴミステーションの前をひとまず通りすぎた。挟み撃ちで確実に捕まえるのだ。

しばらくすると、金網製の扉が開き、女子学生が外に出てきた。浩介が捨てたゴミ袋を嬉しそうに胸に抱えている。

「おはようございます。五郎丸さん」

ふいを衝くように、舞衣はいきなり声を掛けた。ぎくりと動きを止め、五郎丸早苗がゆっくり振り返る。

「あの……どうしてあたしの名前を……」

「七瀬と言います。四宮大学の庶務課の者です。大学のデータベースで、あなたの名前を調べさせてもらいました」

舞衣は悠然と答えた。

「それ、あなたが出したゴミじゃありませんよね」

「いえ、あの……」

早苗は怯えたように舞衣を見上げた。ほとんど泣き出しそうになっている。これなら沖野の出番はなさそうだ。舞衣は強気の態度で対峙することを選択した。

「あなたがやっていたことはすべてお見通しです。浅沼さんが出したゴミを漁り、一時間おきにイタズラ電話をかける。四宮大学の名を汚す行為、庶務課の人間として見過ごすわけにはいきません。謝罪文を提出し、しっかり反省してもらいますよ」

決まった。

舞衣はすらすらと出てきた自分の口上に酔いしれた。これで相手も改心するに違いない。そう思って目を向けると、早苗はぷるぷると肩を震わせていた。

「……五郎丸さん？」

どうしたのだろう、と近づいた瞬間、「うぬあああーっ！」と叫び声を上げ、早苗は持っていたゴミ袋を舞衣に向かって全力で投げつけた。

「ふにゃっ！」

慌てて上体を反らして避けたものの、バランスを崩し、舞衣はその場に尻餅をついてしまう。

早苗はその場で一八〇度回転すると、脱兎のごとき勢いで駆け出した。

「先生っ！」

舞衣が叫んだのと同時に、待機していた沖野が歩道に飛び出した。ＰＫに挑むゴールキーパーのように大きく手を広げ、早苗の行く手に立ち塞がる。

「待ちなさい、逃げてもなんにもならないぞ」

「どっけえええっ！」

早苗が頭を前に突き出し、沖野に突進していく。

どすん、と嫌な音と共に、早苗の頭突きが沖野のみぞおちに炸裂した。「おうふ」と呻いて、沖野は路上にうずくまった。悶絶とはこのことである。

「弱っ！」

舞衣は短く叫んで体を起こした。ろくに運動していない理系人間を当てにしたのは作戦ミスだった。

早苗は「ふん」と首を振って、素早く自分の自転車に飛び乗った。振り返って舞衣を一瞥すると、早苗は立ち漕ぎの姿勢で思いっきりペダルを踏み込み、全速力で歩道を走りだした。

その時、早苗の前に突然人影が——聖澤涼子が現れた。ストーカー捕獲作戦を涼子に一切知らせていなかったことに、舞衣は今更ながらに思い至った。

「あっ」

舞衣、早苗、涼子。その場に居合わせた三人の女性が全く同じタイミングで声を漏らした次の瞬間、涼子は早苗の自転車と正面衝突した。

早苗は自転車ごと横倒しになり、涼子は受け身も取れずに、歩道に頭を打ち付けた。

倒れた自転車の車輪がからからと回り続ける音を聞きながら、舞衣は突然の事態に動けずにいた。

「――もしもし」

聞こえた声の方向に視線を向ける。いつの間にか立ち上がった沖野が、携帯電話を耳に当てていた。自転車と人の接触事故が起こり、怪我人が出たことを報告している。どうやら救急車を呼んだらしい。

通報を終えると、沖野は倒れた涼子の脇に膝をついた。

早苗は青い顔で路上に座り込んでいる。あれなら、逃げられる心配はないだろう。舞衣はよろよろと立ち上がり、恐る恐る沖野に近づいた。

「……どうですか」

「血が出ているな。ぶつけた時に頭の皮膚を切ったようだ。ただ、意識はある。すぐに病院に運べば大丈夫だ」

沖野は冷静にコメントして、いきなり舞衣の耳元に顔を近づけた。

「な、なんですかっ」

「……大声を出さないでくれ。これからやることを聖澤くんに聞かれたくない」

舞衣の腕を掴み、沖野がそっと囁く。

「ポケットティッシュを持っていたら貸してくれないか。袋ごとだ」

7

その後、涼子は救急車で、彼女の希望により、四宮医科大学付属病院に運ばれた。沖野の見立て通り脳へのダメージはほとんどなく、その日のうちに無事に退院し、自宅に戻った。

一方、五郎丸早苗は警察の事情聴取を受けることになった。ただし、ストーカーとしてではない。交通事故の加害者としてである。被害者の怪我の程度はさほどひどくなかったため、当事者同士で解決する、ということで落着した。

ストーカー問題にケリをつけるべく、後日、舞衣は早苗を呼び出した。当日の暴れっぷりが嘘(うそ)のように、早苗はおとなしく取り調べに応じた。

「――高校時代からストーカーをやってたんですか」

「……はい。悪いことだとは思っていたんですが、どうしても止められなくて」

「もしよかったら、カウンセラーを紹介しましょうか。ためになるアドバイスをもらえると思いますよ」

「はい……よろしくお願いします」

早苗は素直に舞衣の提案を受け入れた。このままではいけないと自分でも感じていたに違いない。

舞衣はこほんと咳払いをした。メンタルヘルスケア担当としての仕事は終わったが、次は沖野からの依頼をこなさねばならない。

「五郎丸さん。ゴミステーションから浅沼さんの捨てたものを拾っていましたが、あれは今回が初めてではないですよね」

「……はい。何度か持ち帰りました」

「拾ったゴミはどうしていたんですか」

「生ゴミ以外は、まだ家に置いてありますけど」

うわあ……と思ったが、動揺を顔に出さないように舞衣は毅然と言った。

「それらはゴミとはいえ、個人のものです。いったん回収し、浅沼さんに返そうと思います。残さずすべて庶務課まで持ってきてください」

「……分かりました」

早苗はおとなしく了解すると、深々と一礼して、小会議室を出て行った。

さて、と呟き、舞衣は内線電話に手を伸ばした。備え付けの番号リストを確認しつつ、四桁の番号をプッシュする。

「——あ、もしもし。沖野先生ですか。七瀬です。頼まれていた件、拾ったゴミは捨ててなかったそうです。……ええ、言われた通り、こちらで引き受けますけど。……はい。……はい？　って、それを私がやるんですか？　……はあ、いや、そりゃ気は進みませんよ。そんな、ねえ、変態チックな真似。……悩みを解決するため？　本当ですか？　それなら、まあ、やりますけど……」

　数日後の昼休み。舞衣は沖野からの呼び出しを受け、理学部一号館に向かった。聖澤涼子についての話だという。

　教員室に入ると、そこには沖野と涼子の姿があった。

「こちらの方は……」

　来客用ソファーに座っていた涼子が、怪訝そうに舞衣を見上げた。

「庶務課の、七瀬さんだ。メンタルヘルスケアの担当者だ。浅沼くんから相談を受けて、調査をしていたんだ」

　舞衣は会釈(えしゃく)をして、沖野の隣に腰を下ろした。

「相談というのは……」と、不安げに涼子が尋ねる。

「聖澤さんの様子がおかしい、という相談でした。一緒に暮らし始めたのに、妙に元気がないので心配になったそうです。ストーカーのことで悩んでいたんですよね」

　舞衣がにっこり笑ってみせると、涼子は「ええ」とためらいがちに頷いた。

「やっぱりそうですか。でも、もう安心ですよ。二度とやらないと、ちゃんと約束してもらいましたから。同棲生活を満喫しちゃってください」

ピースサインを作る舞衣を見て、涼子はため息をついた。

「せっかく解決に尽力していただいたのですが……近いうちに、同棲をやめて、マンションを出て行こうと考えています」

「えっ！　な、なんでですか」

「ひと月ほど生活して分かりました。私たちはうまくいきませんでした。これ以上一緒にいても、互いに傷つけ合うだけです」

「そんな……」

舞衣はすがるように、隣に座る沖野に目を向けた。沖野は腕を組み、黙って自分の膝の辺りを見ている。

「ちょっと、なに落ち着いてるんですか。先生からも何か言ってくださいよ」

「その前に、七瀬くんに確認したい。君は、浅沼くんのために行動しているんだな」

「そうです。彼からの依頼はまだ終わってませんから」

「なら、約束してくれ。ここで見聞きしたことは、決して外部には漏らさないと」

沖野は真剣な眼差しを舞衣に向けていた。

その迫力に一瞬、気圧されそうになったが、舞衣は沖野の瞳を見つめ返し、「もちろんです」と力を込めて頷いた。

「……いいだろう。では、聖澤くん。これを見てくれるか」

沖野は手にしたクリアファイルから、一枚の紙を取り出した。ホメオパシー騒動(そうどう)の時にも見た記憶がある。LC－MSとかいう方法で分析した結果のチャートだ。

「それは……」と、涼子が眉間にしわを寄せた。

「先日、君が路面に頭をぶつけた時、多少の出血があった。申し訳ないが、あれを採取させてもらった」

「――っ！」

涼子は目を大きく見開いた。彼女の瞳には、驚愕(きょうがく)の色が浮かんでいた。

「本来なら専門機関に検査を依頼するんだろうが、他人の血を持ち込むとなるといろいろややこしそうだったんでね。自分で調べてみたよ。君の血液を分析した結果、ある物質が検出された。いや、その言い方は正確じゃないな。最初から予想していた候補物質の中の一つと、分子量や溶出時間が一致するピークが得られた、というのが正しい表現だ。その物質というのは、医療用の薬物だ」

沖野は分析チャートを指で弾いた。

「だが、あくまで分子量が同じというだけで、構造が確定したわけじゃない。この話をするのに、できればもう一つ裏付けが欲しかった。だから、ストーカーくんの戦果を確認させてもらった」

沖野は偉そうに語っているが、実際にゴミ漁りをしたのは舞衣だ。「錠剤を包むシートを探せ」というのが沖野の依頼だった。金色や銀色の、手で押して錠剤を取り出すアレだ。

「燃えないゴミの中にこういうものがあった」

沖野は数ミリ幅にカットされた細長い切れ端を、白衣のポケットから取り出した。遠目には金でできた糸くずのように見える。

「医薬品の添付文書には、錠剤の外観や、それを包むＰＴＰシートの写真が掲載されている。シュレッダーできちんと細かくして捨てていたようだが、破片と写真の色合いを比較することで、どの薬を飲んだかが絞り込める」

涼子は顔を伏せ、微かに肩を震わせていた。

沖野は静かな口調で続ける。

「以前から、君は月に一度ほど、午前中を休みにすることがあった。そのことを不審に感じた七瀬くんが、先日、こっそり君を尾行した。四宮医科大学の付属病院に行っていたそうだね。七瀬くんは、入院している子供に会うためだと結論付けていたが、それは理由の一つでしかない。看護師さんの話によると、君が子供と仲良くなったのは去年のことだという。しかし、君はウチの研究室に入った当時——二年前から、毎月一度は確実に午前半休にしていた。君が病院を訪れた本当の目的は、診断を受けるためだったんだろう」

「……その通りです」

涼子が胸の奥から絞り出すように言った。

沖野は「すまない」と嘆息した。

「君を追い込むつもりはない。ただ、誰かが言わねばならないと思っただけだ。君は自分の病気のことを、浅沼くんに伝えるか否かで悩んでいたんだろう」

しばしの沈黙の後、涼子は諦観（ていかん）の面持（おもも）ちで頷いた。

「病気って……そんなに重い病なんですか」

舞衣が尋ねると、沖野は「いや」と首を振った。「昔は不治の病とされたが、今は治療法が確立されている」

「それって、もしかして……」

「私は、エイズウイルス（HIV）に感染しています」

涼子は自ら病の名前を告げた。背筋を伸ばし、どこか気品すら感じさせる表情で、沖野をまっすぐ見つめている。腹を決めた人間の顔だ、と舞衣は思った。

「母子感染かな」

「いえ、血液経由です。父親が東南アジアに出張で行った際に……夜の街で遊んだらしいんです。おそらくそこで感染したのでしょうが、父は気づかずに普通に生活を続けていました。その頃に、父が使っていたカミソリで間違って手を切ってしまって……それで、私も感染したようです」

「運が悪いとしかいいようがないな」

「ちょっと先生、その表現は軽すぎるんじゃないですか」と舞衣は口を挟んだ。「大変な病気で苦しんでいるのに」

「君こそ、大げさに捉えすぎなんじゃないのか。発症してしまうと危険な病であることに変わりはないが、今は確立された治療法がある。きちんと薬を服用し、ウイルスの増殖を抑え続ければ、健常人と全く同じ生活を送ることができる」

「そうだったんですか。すみません、全然知りませんでした」

「知らない人間もまだまだ多い、という証拠だな」沖野は首を小さく横に振る。「それゆえ、ことはそう簡単にはいかないんだ」

沖野の呟きを聞いて、涼子が頷く。

「ええ、エイズに対する差別は今でも根強いですから。感染の事実を隠して生きるしかありません」

「浅沼くんには伝えていないんだな」

「……はい。ずっと以前から、いつかは言わなければと思っていたのですが……結局、言えませんでした」

「事情は分かったが……どうして同棲を？」

「理由は、いくつかあります。一つには、彼のことをもっと知りたい、という気持ちがありました。一緒に生活すれば、悪いところも見えてくるはずです。不遜（ふそん）な言い方ですが、すべてを明かすにふさわしい相手かどうか、見極めたかったんです」

「結果は、どうでしたか」

舞衣の問い掛けに、涼子は「……彼は、とても純粋な人です」と答えた。

「もう一つの理由は、今の逆です。私の普段の姿を見て、彼の方が愛想を尽かすかもしれないと思いました」

「でも、浅沼さんはあなたのことを想っています。とても強く」

「……はい。そのことは、痛いほど伝わってきています。私は、怖くなりました。私が病気のことを告げた時、彼がどれほどのショックを受けるか……」

「だから、同棲を解消しようとしたんですね」

「……ええ。無理だと思いましたから」

「何が無理なんですか」

「同棲を申し出た三番目の理由は、勇気を出すためだったんです。四六時中そばにいれば、病気のことを言えるんじゃないか……そんな、淡い期待がありました。……でも、無理でした。だから、私は逃げることを選びました」

舞衣は身を乗り出し、涼子の手に触れた。

「どうして、四番目の理由を隠すんですか」

「……どういう意味ですか」

「涼子さんは、浅沼さんのことが好きだった。少しでも長く、彼のそばにいたかった。だから、同棲しようとしたんじゃないですか。普通の恋人みたいに」

涼子は目を見開き、悲しげに笑った。

「そう、かもしれませんね」

舞衣は気持ちが伝わることを祈りながら、涼子の手を強く握り締めた。

「私はどこまで行っても部外者です。お前に何が分かるんだ、って思うかもしれません。でも、言わせてください。本当は、浅沼さんとずっと一緒にいたいんでしょう。なら、すべてを打ち明けるべきじゃないんですか」

涼子は苦しげに顔を伏せ、ゆっくりと首を振った。

「……できません」

「涼子さんっ！」

「できないものはできないんですっ！」

涼子は舞衣の手を振り払って立ち上がった。

「私は臆病者です。傷つけたり、傷つけられたりするくらいなら、黙って離れることを選ぶ人間なんです。だから、放っておいてください！」

「できませんよ、そんなこと！　悩みを解決してくれって、浅沼さんに頼まれたんです。私は、私の仕事を最後までやり遂げます。……たとえ、一生あなたに恨まれることになっても」

舞衣は涼子の双眸を見据えたまま、携帯電話を取り出した。

「浅沼さんに、私から言います」

「それは困るな」

黙って成り行きを見ていた沖野が口を開いた。

「最初に約束しただろう。ここで見聞きしたことは、決して外部には漏らさないと」

「でも、こんな終わり方は……」

「いいから、少し静かにしていてくれ」

沖野は舞衣に代わって身を乗り出し、立ったままの涼子をじっと見上げた。

「聖澤くん。単純な二択だ、正直に答えてくれ。浅沼くんのことが好きなのか、それとも嫌いなのか。どっちだ」

「それは……」

涼子は震えを抑えるように、自分の体を強く抱き締めた。

「……今でも、気持ちは変わっていません。図書館で話し掛けられたあの日から……私はずっと、彼のことが……大好きです」

「なるほど」

沖野はソファーから立ち上がると、背後にある自分の机を振り返った。

「──という風に聖澤くんは言っているが、どうかな」

沖野は誰もいない空間に向かって声を掛けた。何ふざけたことをやってんの、と振り返った舞衣は、机の下から現れた人影を見て、言葉を失った。

涼子がかすれた声で呟いた。

「浅沼……さん」

浅沼浩介は、泣いていた。嗚咽が漏れないように、服の袖を必死で噛み締め、ただひたすら涙を流していた。

「聖澤くん。君を騙す結果になったことは謝罪する。しかし、俺は合理的なやり方を重んじる主義なのでね。最も大事な関係者にも同席してもらった」

耳に入っていないのか、涼子は沖野の言葉を無視して、呆然と浩介を見つめていた。

「ごべんださいっ！」

浩介はいきなりその場に土下座した。

「僕……何も知らなくて……。そんな、涼子さんが病気のことで悩んでたなんて」

「いえ、言えなかった私が悪いんです」

涼子は寂しさを湛えた笑みを浮かべた。

「でも、これで踏ん切りが付きました。沖野先生のおっしゃったことはすべて事実です。だから……別れましょう」

「別れませんっ!」

がばっと顔を上げ、浩介は叫んだ。

「そんな病気なんて関係ないです! 僕は涼子さんのことが大好きなんです! 別れろって言われたって、絶対拒否しますからっ!」

「でも、私は……」

「関係ないって言ってるでしょう! 差別や偏見なんて……なくすのは無理でも、僕が全部受け止めます! だから、だから、僕とずっと一緒にいてください」

涼子は涙を浮かべ、言葉を失ったまま、幾度も首を横に振った。

——どうやら、メンタルヘルスケア担当者の出番が来たようだ。

舞衣はおもむろに立ち上がり、三たび、彼女の手を取った。

「涼子さん。いいじゃないですか。幸せになったって。これからどんなに傷つくことがあったとしても、ここでさよならして後悔するより、ずっといいと思います。……赤の他人の意見ですけど」

「……いえ、ありがとうございます」

涼子は微笑(ほほえ)みを浮かべて、舞衣の手を包むように握り返した。

もう、大丈夫だ。舞衣は涼子の表情を見て確信した。

舞衣はそっと手を離し、今度は沖野の腕をむんずと摑んだ。

「さ、先生。ランチを食べに行きましょう」

「なんだ唐突に。昼飯ならさっきカレーパンを食べた」

「それだけじゃ栄養が偏(かたよ)りますよ。ほら、ぐずぐずしない」

両手で腕を引っ張って、強引に沖野を立ち上がらせる。舞衣は沖野の背中を押しながら、急いで教員室を脱出した。

「おいおい、もう昼休みが終わるんだぞ。俺は仕事が……」

「いいから休憩です！」

飛びきりの笑顔で言って、舞衣は沖野の手を握って駆け出した。

第五話

化学探偵と
冤罪の顚末

1

「お疲れ様でーす」

美間坂剣也はよく訓練された笑顔と共に、レッスンスタジオをあとにした。週に一度のボイストレーニング。全身に漂う心地よい倦怠感は、以前より成長したという実感と同義だった。次回のコンサートでは、きっとファンにいい歌が届けられるだろう。

剣也はアイドルである。

元々はグループで活動していたが、テレビ番組の企画で八〇年代の女性アイドルの懐メロを歌ったところ、予想もしていなかった大反響があった。男性とは思えないハイトーンボイスと甘ったるい歌詞が、想定外の化学反応を起こしたらしかった。

剣也はその後、女性アイドルの曲ばかりを集めたカバーアルバムをリリースしたが、これが五十万枚を超える、スマッシュ・ヒットとなり、芸能界での剣也の立ち位置を確立させた。所属していたアイドルグループを脱退したのもこの頃だった。

男と女、どちらでもない、透明な存在――。

中性的な外見を最大限に活用したイメージ戦略に乗り、最近はドラマやバラエティにも進出し始めている。今後、実績を着実に積み上げていけば、一流芸能人の仲間入りをする日もそう遠くはなさそうだった。

今日は他に予定は入っていないが、自堕落に遊びまくるつもりはさらさらなかった。夕方までは来クールに出演するドラマの台本読み。夜は自分のライブ映像を見て、表情や動きを研究する。オフとはいえ、無為に過ごせばそれだけ成長のチャンスを逸することになる。生き馬の目を抜くといわれるこの業界では、不断の努力が必要なのだ。

レッスンスタジオが入っているビルを出て、剣也は何度か屈伸をした。自宅までは数キロの距離があったが、体型維持と体力増強のために走って帰ると決めていた。

勢い良く走り出し、剣也はショートカットのために細い路地に入った。

いつもと同じ時間、いつも通りのコース。しかし、剣也は途中で足を止めざるを得なくなった。ビルとビルに挟まれた薄暗い路地に、女性が倒れていたのである。

「大丈夫ですかっ！」

二〇メートルほどをダッシュし、剣也は黒髪の女性に駆け寄った。若い女性はスカートから伸びた足をわずかに動かし、「うう……」と掠れ声で呻いた。

「どこか痛いんですか？」

「は、はい。持病の癪が……」

「癪ってなんですか」

「もとい、差し込みが」

「差し込み？」剣也は左右を見回した。「コンセントは見当たりませんけど」

「……すみません、差し込みというのは、腹痛のことなんです」

「ああ、それなら分かります」

「急に痛み出して……」

女性は腹部を押さえて、「ううっ」と辛そうに呻いた。

「ヤバそうですね。いま救急車を呼びますから」

「待ってください……薬があるんです。だから、病院に行かなくても大丈夫です」

「あ、そうなんですか。で、薬はどこに」

「すぐそこに自宅があるんですが……」女性は倒れたまま、背後の雑居ビルを指差した。

「立ち上がれなくなってしまって」

「じゃあ、取ってきますよ。部屋番号を教えてください」

「……指紋認証なので、私がいないとダメなんです。すみませんが、体を起こしてもらえませんか」

「はいはい。じゃあ、肩を貸しますから、しっかり摑まってくださいよ」

剣也は、女性の体の下に手を差し入れ、自分の肩を摑ませて、彼女をぐっと引っ張り起こした。

「歩けますか」

「なんとか……ううっ」女性は言葉の途中で辛そうに手で口を覆った。「すみません。吐き気が……」

「わ、それはいけない。その辺にぶわっとやっちゃった方がいいですよ。背中、さすりましょうか」

「……いえ、ご迷惑でしょうから、我慢します。このハンカチで口を押さえておいてくれませんか。そうすると、少し楽になりますから」

女性は白いハンカチを剣也に差し出した。剣也は「なるほど」とハンカチを受け取り、言われた通りに、彼女の口元にハンカチを押し当てた。

すると女性は、「ああ、これで大丈夫そうです」と消え入りそうな声で言って、糸が切れた操り人形のように急にバランスを崩した。

剣也は慌てて女性の腰に手を回し、倒れないようにしっかりと支えた。

「よし、じゃあ行きましょうか。そこのビルでいいんですね」

女性は無言で微かに頷き、まるで意識を失ったかのように、だらりと手を下ろした。

このままでは歩くのに難儀しそうだった。剣也はいったん女性を引き離し、肩と足を持って抱え直した。いわゆる「お姫様抱っこ」の格好である。

「ちょっと我慢してくださいね。すぐに楽になりますから」

剣也は笑顔で話し掛け、女性に指示されたビルに足を向けた。

そこでふと人の気配を感じ、剣也は女性を抱えたまま立ち止まった。

辺りを見回すが、居並ぶビルはどれも裏口をこちらに向けており、どこにも人影は見当たらない。剣也は首をかしげた。

気のせいだったのかな……。

そうしてしばらく周囲の様子をうかがっていると、女性が再び「痛い……」と囁くのが聞こえた。

「おっと、のんびりしている場合じゃなかった」

剣也はしっかりと女性の体を抱き寄せると、足早に古びたビルの入口に向かった。

2

「う……んっ」

舞衣はキーボードを叩いていた手を止めて、大きく伸びをした。

時計を見ると、午後六時三分前である。今日は月に一度のノー残業デーだ。そろそろ帰る準備をした方がよさそうだ。

構内美化対策会議で使う資料をファイルに保存し、舞衣はノートパソコンをシャットダウンした。

「七瀬くん。ちょっといいですか」

さあ帰ろうとバッグを手に取ったところで、猫柳が話し掛けてきた。なんとなく嫌な予感がしたが、舞衣は笑顔で「はい、なんでしょう」と応じた。

「とある筋から聞いた噂なのですが……」そこでいったん言葉を切り、猫柳は咳払いをした。「美間坂剣也と知り合いだというのは本当なのでしょうか」

「……はい。高校の時のクラスメイトですけど」

「ほう、それはすごい。もしかして、今でも交流があったりするのですか」

舞衣は眉を顰めた。正直に答えていいのだろうか。言葉を探して言い淀んでいると、「どうでしょう」と猫柳が重ねて訊いてきた。一抹の不安を覚えながらも、舞衣はこくりと頷いた。

「……ええ、彼は四宮市内に住んでますから。私がこっちに来てからは、休みの日に一緒に食事に行ったりしていますけど」

「素晴らしい！」

猫柳はどこかの国の指導者っぽく手を叩くと、バスケットボールの選手のように素早く反転し、自分の席から大きめの封筒を取って戻ってきた。

舞衣は押し付けられた封筒を受け取り、中を覗き込んだ。色紙が数枚と、黒の油性ペンが入っている。

「不躾なお願いだと分かっているのですが、サインをもらってきてはいただけませんでしょうか」

「サイン、ですか」

「実は私の妻が美間坂剣也の大ファンでして。ファンクラブにも入っていますし、今度のコンサートにも行くそうです。ということで、妻に頼まれて、こうして図々しくサインをお願いに上がったわけです」

「はあ、そういう事情なら……」

　この手の頼み事をされるのは、実はこれが初めてではない。つい先日、叔父の恵一のリクエストに応えて、サインをもらってきたばかりだ。

　サインを頼まれたことはいい。しかし、どうして猫柳は、自分と剣也の繋がりを知っているのか。剣也と高校時代三年間同じクラスだったことは、親類以外には明かしていない。

「あの、つかぬことをお伺いしますが……どうして、私が彼と知り合いだと？」

　そう尋ねると、猫柳は「趣味です」と言い切った。

「趣味というと、ウィキペディアを編集する、ってあれですか」

「そうです。人と人との繋がりを調べ、見えない関係性を導き出していく。多次元クロスワード・パズル、とでも言いましょうか。非常に知的で、奥の深い作業です」

猫柳は黒縁のメガネに触れながら、興奮気味にそう説明した。

「その過程で、たまたま七瀬さんと美間坂剣也との繋がりに気づきました」

猫柳はさも当然のことのように言う。だが、その事実に行き当たるには、一般には出回っていない情報を入手する必要があるはずだ。一体、どんな手段を使ったのか。訊いてみたいが、訊いてはいけない気がしてならなかった。

舞衣はそこでふと、〈Mr. キュリー〉というアダ名のことを思い出した。沖野もまた、自分の祖先のことを周囲に伏せていたと言っていた。

本人が隠している事実を嗅ぎ当てる能力。ようやく、沖野が猫柳を苦手としている理由が分かったような気がした。


その日の夜。舞衣は自宅から美間坂剣也に電話をかけた。

「あ、もしもし剣也くん？　七瀬ですけど、いま大丈夫？」

「……舞衣ちゃん」

剣也の声を聞いた瞬間、舞衣は強い違和感を覚えた。普段と声のトーンが違う。自分の名を呼ぶ短い言葉だけで、落ち込んでいる様子がありありと伝わってくる。

「どうしたの？　ずいぶん元気がないみたいだけど」

「それが……」

剣也はほとんど泣き出しそうな声で言った。

「脅迫されてるんだ、僕」


十五分後。舞衣は四宮市内にある、剣也のマンションに駆けつけていた。

エレベーターを降り、外廊下を走り抜け、剣也の部屋のドアをノックする。すぐにドアが開き、中から剣也が飛び出してきた。

「舞衣ちゃーんっ！」と叫んで、剣也は舞衣に抱きついた。慈しむように背中に手を回し、髪の香りを嗅ぐように肩に顎を埋めて、「来てくれたんだ」と剣也は甘い声で囁く。

舞衣は優しく剣也の頭を撫でて、「当たり前でしょ」と答えた。

「大切な人が困ってるんだから、たとえブラジルにいたって飛んでくるってば。それより、中に入れてくれない？　目立つと色々困るでしょ」

「うん、入って入って」

沓脱ぎに足を踏み入れ、舞衣はドアを閉めた。

この部屋に来るのは三度目だが、相変わらず整理整頓が行き届いている。剣也の綺麗好きは高校時代から有名だった。芸能活動で忙しくなった今でも、中身は全然変わっていないようだ。

舞衣は剣也と手を繋いだまま、リビングに向かった。

並んでソファーに腰を下ろしたところで、「お茶、飲む？」と剣也が尋ねた。舞衣は首を横に振った。今日は遊びに来たわけではない。

「そんなことより剣也くん。さっきの電話の話を聞かせてよ。脅迫されてるって、あれ本当なの？」

「ホントだよ。いくら舞衣ちゃんに会いたいからって、そんな嘘ついたりしないよ」

「嘘でも、まあ嬉しいのは嬉しいけど。で、どういう状況なの」

「……うん。脅迫があったのは今日なんだけど。僕、普段通りにボイトレのレッスンに行ったんだ。その帰りに、知らない男の人に声を掛けられて」

「何歳くらいの人？」

「二十代だと思うよ。茶髪で耳にピアスとかしてて、いかつい感じ。で、とりあえず喫茶店に行こうって言われたんだ。先週の件で折り入って話があるって」

「先週の件っていうのは？」

「前の週に、同じようにレッスンに行った帰りに、道で倒れてる女性を見かけてね。お腹が痛くて立ち上がれないっていうから、手を貸してあげたんだ。だから、そのことでお礼を言いたいのかなって思って、その男の人に付いていったんだ」

「警戒心薄すぎ」と、舞衣は剣也の手の甲をつねった。

「……ホント、舞衣ちゃんの言う通りだよ」剣也は深いため息をついた。「喫茶店に行ったら、僕が助けた女の子もいて。で、席に着くなり、謝れって言われたんだ」

「どうして謝罪しなきゃいけないの。助けたのは剣也くんの方でしょ」

「そうだよ。だから、どうしてですか、って訊いたんだ。そうしたら……『あんなに酷いことしたのに』って言って、女の子が急に泣き出して」

「酷いことって？」

「僕が女の子をクロロホルムで眠らせて、意識をなくしているうちに……その、性的な暴行を加えたって、そう言って泣くんだ」

「ありえないって！」舞衣は思わず立ち上がっていた。「剣也くんがそんなこと……絶対するはずないじゃない！」

「落ち着いて、舞衣ちゃん。憤ってくれるのは嬉しいけど、夜も遅い時間だから」

剣也は苦笑しながら、舞衣をなだめて座らせた。

「証拠は？　証拠はあるの？」

「それが……あるんだ」

憂鬱丸出しの表情で、剣也は一枚の写真を舞衣に見せた。写真の中央に、剣也とぐったりした様子の女性の姿があった。剣也の左手は女性の腰に回され、もう一方の手は女性の口元に当てられている。白いハンカチを押し付けているように見える。

「これ……なんでこんなことになってるの」

「吐き気がするっていうから、ハンカチで押さえてあげたんだよ。まさか写真を取られてるとは思わなかった」

「なんとなく話が見えてきた」舞衣は苛立ったように頭を掻いた。「このことを公にされたくなかったら金を払え、って言われたんでしょ」

「うん。向こうは言葉にはしなかったけどね。『誠意を見せろ』ってだけ」

「その言い方からすると、芸能人だってことはバレてるんだよね」

「っていうか、たぶん、芸能人だから狙われたんだと思う。僕、あんまり変装とかしないし、決まった時間にレッスンに行くから」

「だから油断しすぎだってば！」

舞衣は剣也の頭を無理やり胸に抱え込むと、こめかみに拳をぐりぐりと押し付けた。

「痛い痛い」

「っていうか、遊んでる場合じゃない」

舞衣は我に返り、剣也を床に放り出した。

「だから痛いってば……」

「これからどうするつもりなの。言われるままにお金を払うわけ？」

剣也はフローリングの床に正座をして、「プロダクションには、まだ何も言ってないんだ」とうなだれた。「たぶん払ってもらえるとは思うけど、僕の不注意が原因だから、申し訳なくって」

舞衣は嘆息してソファーに背中を預けた。

「でも、お金で解決しても、危機が去るとは限らないよ。同じネタでまたゆすられるかもしれないし」

「そうだよね……。悔しいけど、示談に持ち込むしかないのかな。目が飛び出るような金額で証拠を買い取ることになりそう」

剣也が物憂げに呟いた、その時。舞衣はふと思いついた。

相手の言い分が嘘だと証明できれば、脅迫に屈する必要はないのではないか——。

「そうだよ！　証拠が証拠じゃなくなればいいんだよ」

「……そんなこと、できるかな」

「さっき言ってたよね。クロロホルムを嗅がされたって。クロロホルムって、簡単には手に入らないと思うんだ。そこから攻めればなんとか切り崩せるかも。一度、化学の専門家に話を聞いてみるよ」

「そんな知り合いがいるの？」

「うん。大学の先生でね。Ｍｒ．キュリーっていうんだ」

「……外人さん？」

「いや、日本人だけど。ちょっと変わった人で……」

説明の途中で舞衣は口を噤んだ。沖野のことを詳しく語れば、おそらく剣也は興味を持つ。万が一、二人が対面すると、たぶんろくでもないことが起きる。直感的に舞衣はそう確信していた。

「とにかく専門家なの。その手の話題にすごく詳しいから、きっといい対策を考えてくれるよ」

舞衣は笑顔で太鼓判を捺した。それを見て、剣也も表情を緩めた。

「舞衣ちゃんがそう言うんなら安心だ」

「うん、任せてよ」

剣也は立ち上がると、舞衣に寄り添うようにソファーに座った。

「……ねえ、もしよかったら泊まっていかない？」

「うん、いいよ。またスウェット貸してね」

「もちろん。前に着たやつ、舞衣ちゃん専用にしてもらっていいから」

「じゃあ、ありがたくそうさせてもらうね。あ、今日はまだお風呂に入ってないんだった。そっちも借りていいかな」

「いいよいいよ。好きなだけ浸かっててていいからね」

「そんなに湯船に入ってたらふやけちゃうよ」

舞衣は剣也の額を人差し指でつついて、慣れた様子でバスルームに向かった。

3

翌朝、午前六時半。舞衣は剣也と共にマンションを出た。剣也はこれからロケの仕事で地方に行くという。

「あー、朝日が眩しい」と舞衣は顔をしかめた。

「舞衣ちゃんは、これから大学に行くの？」

「眠いから帰って寝る。一時間くらいだけど、寝ないよりマシだから」舞衣は寝ぐせのついた剣也の頭を撫でた。「じゃ、脅迫の件、こっちで調べてみるから。まだお金は払わないで、うまく引き伸ばしてね」

「分かった、やってみる」

剣也は子供のように素直に頷くと、通りかかったタクシーを止めて乗り込んだ。

後部座席から嬉しそうに手を振る剣也を見送って、舞衣は踵を返した。

「……ん？」

振り返った瞬間、通り沿いの歩道にいた男性が、急に背中を向けるのが見えた。どこかで見たような後頭部である。

「あれって、もしかして……」

長身の男性は背中を向けたまま立ち去ろうとする。舞衣は慌てて駆け寄り、「あの」と声を掛けた。

呼び掛けられ、男はゆっくりと振り返った。

「やっぱりそうだ」舞衣は笑顔を浮かべた。「おはようございます、沖野先生」

沖野はにこりともせずに、「おはよう」と低い声で挨拶をした。

「どうしたんですか、こんなところで」

「それはこちらの台詞だ。俺はただ、大学に行こうとしていただけだ」

「え、でも」舞衣は前後を見回した。「どうして急に方向転換したんです？ そっちは大学から遠ざかる方角ですけど」

「……忘れ物に気づいたんだ。ちなみに、俺はすぐそこに住んでいる」

そう言って沖野が指差した先には、台風が来たら吹き飛ばされそうな、古びた木造アパートがあった。建物全体からあふれ出る昭和臭。〇〇荘という名前に違いないと、舞衣は確信した。

「わあ……ずいぶん立派なお宅で。准教授って結構な安月給なんですね」

「安いかどうかはともかく、俺は寝起きができればそれでいい。無駄に高いマンションに住もうとは思わないな」

「倹約するのはいいことです」頷いて、舞衣はふと気づく。「そういえばまだ七時前ですけど。出勤するには早すぎませんか？」

「朝型なものでね。君こそずいぶん早起きだな」

「それは……」

事情を説明しようとする舞衣を遮って、沖野は続けて言う。

「君もこの辺りに住んでいたのか。誰かとマンションから出てきたようだが」

「いえ、違いますけど……」

「そうか。じゃあ、俺はアパートに戻る」

沖野はチノパンのポケットに手を突っ込みながら、舞衣に背を向けた。

「ちょ、待ってくださいよ」

いつも以上にそっけない沖野の態度に戸惑いつつ、舞衣は沖野を呼び止めた。

「なんだ」

「少し、時間をもらえませんか」

「……朝食でもおごってくれるのか」

「そうです」と舞衣は頷いた。「その代わり、化学の話を聞かせてください」

「どういうつもりかな。急に学問に目覚めたとは思えないんだが」

「さっき見かけたでしょう。私の……大切な友達がピンチなんです」

ほう、とため息をついて、沖野は顎を撫でた。

「……いいだろう。聞くだけ聞こうか」

舞衣は沖野を連れて、近くのファミリーレストランに入ると、剣也の身に降りかかったトラブルについて詳細に説明した。沖野は注文したモーニングセットを黙々と口に運びつつ、無言のまま説明を聞き終えた。

「相手はクロロホルムを嗅がされたと言っています。でも、一瞬で意識を奪えるような薬品が、そう簡単に手に入るとは思えないんです。そこからなんとか、相手の嘘を暴けませんか」

「意識を奪う、か」

悠然とオレンジジュースを飲み干して、沖野は紙ナプキンで口を拭った。

「ところで君は、推理小説やミステリー仕立てのドラマは詳しい方かな」

「なんですか急に。それほど興味はないですけど」

「俺は以前から気になっていたんだ。彼らが使うクロロホルムというのは、いったいどういう物質なのか、と。『クロロホルム』という、全く別の強力な麻酔薬が存在するパラレルワールドの物語なんじゃないかと疑いたくなるほどだ」

舞衣は眠気覚ましに頼んだコーヒーをすすり、「話が見えないんですけど」と率直に言った。「何がおっしゃりたいんですか」

「もし俺が物語に登場する警察なら、クロロホルムを嗅がされたと主張する被害者を最初に疑うだろう。なぜなら、ハンカチに染み込ませたクロロホルムを嗅いで意識を失うことは、ほぼありえないからだ」

「えっ！」

状況を根本からひっくり返しかねない発言に、舞衣は思わず腰を浮かせた。

「じゃあ、背後からハンカチを押し当てて眠らすってアレ、嘘だったんですか」

「嘘とは言わないが、かなり無理がある。クロロホルムで麻酔を掛けるためには、少なくとも十分以上は気化させたクロロホルムを吸入させなければならない。患者の協力があって初めて麻酔として成立するんだ。そんなものをいきなり嗅がされたら、誰だって激しく抵抗するだろう。長時間押さえ続けるくらいなら、柔道の絞め技の要領で意識を奪う方がずっと確実だ」

「……なるほど」

「そもそもクロロホルムは液体だ。沸点（ふってん）はおよそ六〇℃で、常温でも気化はするが、ハンカチ程度の面積に染み込ませた量では、充分な血中濃度を確保できないだろう。血管からダイレクトに注入するならまだしも、気道から吸入させるやり方じゃ到底（とうてい）うまくいかない。もっと根本的なことを言えば、どうしてその被害者は嗅がされた物質がクロロホルムだと分かるんだ。人生で一度も出会ったことのない物質なのに、どうして臭いが分かるんだ。矛盾しているじゃないか」

「言われてみれば……」

「便利な道具だからといってほいほい物語に登場させるのは、化学を都合よく歪曲しただけの、志の低い行為だ。俺はそう思うね」

ちなみにクロロホルムは甘い味がする、と締めくくって、沖野はグラスの水をがぶりと飲んだ。

舞衣は沖野の雰囲気に戸惑いつつ、上目遣いに訊く。

「なんか先生……怒ってます？」

「なぜそう思う」

「いつもより饒舌だし、恨み節っぽいっていうか、憤っているみたいに見えたので」

沖野は空になったグラスをテーブルに置き、首を横に振った。

「気のせいだろう。俺はただ、思いついたことを喋っただけだ」

「その言い方も、若干苛立ってるっぽいですけど……。まあいいです。とにかく、先生の言い分はよく分かりました。つまり、クロロホルムを嗅がされた、という証言そのものが、被害者が嘘をついている証拠になるわけですね」

「そうだ……と言いたいところだが、世の中はそう単純ではない。俺がいま話したのはあくまで理屈だ。同じ論理で反撃しようとしても、おそらく相手を引き下がらせるのは難しいだろう」

「なんでですか。嘘ついてるってバレバレなのに」

「意識を失うという事象が、クロロホルムの麻酔効果によらない可能性を否定できないからだ。要は、変な臭いを嗅がされたショックで気絶したかもしれない、ということだな。向こうがそう主張したら反論のしようがない」

「そんなあ……。クロロホルムっていう薬品名を出すことがそもそもおかしい、って言ったじゃないですか」

「言ったが、それはあくまで俺の私見を述べただけだ」

沖野はナプキンを手の中で弄びながら言う。

「改めて、君の最初の問いに答えよう。『クロロホルムを端緒に、相手の嘘を暴くことはできるか?』俺の答えはノーだ。どうやって意識を奪われたか、なんてのは些細な問題で、性的な暴行を受けたという証言の方が重要視されるに決まっている。そこに、化学の入り込む余地はない。すなわち、一介の化学者である俺は、君の友人が巻き込まれたトラブルを解決する手段を持たない」

沖野は淡々と言って、「さて」と立ち上がった。

「俺はもう行く。お言葉に甘えて、朝食はごちそうになるが、構わないかな」

「おごるって言ったんだからおごりますよ。その代わり……じゃないですけど、一つお願いがあるんです」

「……なんだ」

立ち止まり、沖野は醒めた目で舞衣を見下ろした。

「私たちの力になってもらえませんか」

「聞いていなかったのか。俺には解決できない、と言ったんだ」

「そんなことないですよ。化学の知識を活用すれば、きっとなんとかなります」

「買いかぶり過ぎだ。化学は揉め事を収める万能のツールじゃない」

沖野はそう言うと、振り返りもせずにファミリーレストランを出て行ってしまった。

4

二日後。午前中の業務が終わり、ほっと一息ついた昼休み。舞衣の携帯電話に剣也からの着信があった。

周囲に会話を聞かれたくなかったので、舞衣は事務室を飛び出した。

「もしもし」

「舞衣ちゃん……ヤバいよ。向こうが会いたいって言ってきたんだ。そろそろ返事が聞きたいって……」

「いよいよしびれを切らしたみたいだね。脅迫の話は、まだ事務所には言ってないんだよね」

「そう。だから、とりあえず会うしかないかなって……」

「分かった。じゃあ、私が代わりに行く」

「え、舞衣ちゃんが一人で？」

「そう。剣也くんに迷惑が掛からない程度に抵抗してみる。剣也くんがのこのこ顔を出して、また写真を取られても困るし」

「それはそうだけど……でも、いいの？　舞衣ちゃんには直接関係ないのに」

「ここまで関わったら、もう知らない顔はできないよ」

「……ごめん、じゃあ頼むよ。危ないって感じたら、すぐに逃げてね」

「任せて。体力にはそこそこ自信あるから」

舞衣は待ち合わせの場所と時間を確認し、通話を終わらせた。

剣也にはああ言ったが、正直、心の中は不安でいっぱいだった。

舞衣の脳裏に沖野の後ろ姿が蘇(よみがえ)る。普段からぶっきらぼうではあるが、先日の態度はあまりに冷た過ぎた。

今更ながらに腹が立ってきたが、頭を下げても向こうは考えを変えないだろう。できるところまで、一人で立ち向かうしかない。

　午後七時。舞衣は四宮大学の近くにある居酒屋〈喜八〉にやってきた。全品三百八十円という低価格がウリのチェーン店で、飲み放題の時間にも制限がないため、四宮大学の学生御用達の店になっている。

　店に入るなり、乾杯の音頭が座敷から聞こえてきた。通路を通る際にちらりと横目で見ると、男性ばかりが楽しげにビールジョッキをぶつけあっていた。若者に年長者が混じっているところを見ると、サークルではなく、どこかの研究室の飲み会だろう。いい気なものだ、と八つ当たり気味の愚痴をこぼして、舞衣は奥の個室に向かった。

　ふすまを開けると、すでにそこに一組の男女の姿があった。

男の方は茶髪に極細の眉に派手なアロハという、いかにも遊び人っぽい格好をしている。剣也が言っていた通り、チンピラっぽい。

対照的に、女性の方は薄水色のブラウスにグレーのスカートと、ごくごくまともな格好をしている。髪の色も黒で、化粧も控え目だ。なんとなくピアノの先生っぽいな、と舞衣は思った。

「あんたは？」と男が目を細めた。「美間坂剣也のマネージャーか」

「そんなところです。七瀬と申します」と応じて、舞衣は掘りごたつ式のテーブルに着いた。もちろん、名刺を渡したりはしない。

お通しと注文したウーロン茶が運ばれてきたところで、舞衣は「お名前を伺ってよろしいでしょうか」と切り出した。

男はくわえていたタバコを灰皿に押し付け、「金巻敦だ」と名乗った。「こっちは野崎里緒菜」

「失礼ですが、お二人はどういうご関係なんですか」

舞衣の質問に、金巻は「恋人同士だよ」と臆面もなく答えた。「だからこそ、美間坂の行為は許せねえ」

「そのことなのですが。本当に、美間坂がやったという証拠はあるのでしょうか」

「写真を見たんじゃねえのか。美間坂に渡してやっただろうが」

「拝見しました。しかし、最近は画像加工ソフトなどもあります。言いがかり、という可能性を考えないわけにはいかないのです」

「なるほどな。芸能界にいるだけあって、さすがに用心深いな」金巻は理解を示すように頷いた。「だが、こっちにはもっとはっきりした証拠があるんだよ」

そう言って、金巻はデジタルカメラを取り出した。

「あの写真は、動画のワンシーンを切り出したもんだ。俺らが動画に手を加えていないことは、調べればすぐに分かるはずだ」

「……失礼します」

舞衣はデジタルカメラを受け取ると、半信半疑で動画を再生した。

小さな画面に、写真で見た光景が現れる。

剣也が、抱きかかえた女性——野崎里緒菜だ——の口に、白いハンカチを当てるところが克明に記録されている。里緒菜はぐったりした様子で、剣也の支えがなければ立ってさえいられないようだった。

そのままでは歩きにくいと判断したのだろう。剣也は里緒菜を抱き上げ、近くの雑居ビルに入っていく。動画はそこで終わっていた。

「どうだ。これで言い逃れはできないと思うがな」

「待ってください。これは金巻さんが撮影したものなんですか」

「そうだよ。たまたま近くにいたからな」

「恋人同士なら、どうして助けようとしなかったんですか。撮影の時に大声を上げれば、何らかのリアクションはあったと思いますが」

致命的な矛盾を突いた、と思ったが、金巻は「その日は高熱が出ててな」と口の端をゆがめた。「意識が朦朧(もうろう)としてて、動けなかったんだ」

もう少しマシな嘘をつけ、と思ったが、舞衣はぐっとこらえた。相手の言い分を否定しても、水掛け論になるだけだ。

金巻は里緒菜の肩を抱き、敵意のこもった視線を舞衣に向けた。

「この一件で、里緒菜は心に深い傷を負った。あんたらには、それ相応の償いをしてもらわないとな」

——来なすったな。舞衣はテーブルの下で拳を固めた。

「彼は身に覚えがないと言っています。私もそれを信じています」

「……なら、出るところに出るしかねえな」

「この動画と証言だけで、ですか？」

「充分過ぎるだろ」と金巻が小馬鹿にしたように言う。

ここで怯んではいけないと、舞衣は自分が手に入れた情報を使って反撃を試みた。

「私は今朝、現場を見てきました。美間坂が野崎さんを抱えて入っていったとされるビルは、いくつかの会社の事務所があるだけで、宿泊施設ではありませんでした。あなたたちが主張するような暴行に及べば、ビルの中で働いている人に気づかれたでしょう」

「物陰の一つや二つはあるだろ。美間坂は、そこに身を潜めてコトに及んだんだよ。意識がなければ声も出せないしな」金巻はそこでにやりと笑った。「早けりゃ数分で済むことだ」

「……ビルに入った途端に、野崎さんは元気になった、と美間坂は言っています。帰っていいと言われたので、すぐにビルをあとにしたそうです。なのに、どうしてそのシーンが映っていないんですか。不自然じゃないですか」

「デジカメのバッテリーが切れたんだよ。こんなことなら、ちゃんと充電しておけばよかったと思うよ」

金巻はゆとりを持って舞衣の攻撃をかわしている。ああ言えばこう言う。綿密に言い訳を準備しているようだ。これ以上この場で議論を重ねても勝ち目は薄い。舞衣は潔く一時撤退を決断した。

「そちらの主張は分かりました。少しお時間をいただけますか」

腰を浮かせかけた舞衣を見て、「もう帰るのかよ」と金巻がおどけるように言った。

「せっかくだし、メシくらい食っていけばいいだろ」

「特に話すこともありませんから。これ、私の分です」

差し出した千円札を「どうも」と受け取り、金巻は乾杯でもするかのようにグラスを持ち上げた。

「俺らはもう二、三時間はここにいる。気が変わったらいつでも連絡してくれ」

「ご期待には添えないと思いますよ」

舞衣はせめてもの抵抗とばかりに、ぴしゃりとふすまを閉めた。

吐息が自然とこぼれ落ちた。座敷や他の個室からは、楽しげな声が聞こえてくる。揚げ物や焼き鳥の匂いも漂っている。しかし、やり場のない怒りと徒労感が胃にわだかまっていて、とても食事をする気にはなれなかった。

さっさと帰ろうと出入口に向かいかけたところで、座敷から「七瀬さんっ」と声が飛んできた。

顔を向けると、眉毛の濃い男が嬉しそうに手を振っているのが見えた。

「あれ、仁川(にがわ)さんじゃないですか」

「覚えていてくれたんですね。光栄です」仁川は赤ん坊のように座敷を這(は)って、舞衣の元にやってきた。「お久しぶりです。例の埋蔵金(まいぞうきん)事件ではお世話になりました」

「いえ、お世話というか、まあ、どうも」

事件を解決したのは沖野なのだが、それを一から説明すればややこしいことになるので、適当にごまかしておいた。

「ところで、さっき、奥の個室から出てきたように見えたんですが」

「ええ、そうですよ。ちょっと待ち合わせで」

「まさか、待ち合わせの相手って、金巻じゃないですよね」

仁川の口から飛び出した名前に、舞衣は軽く仰(の)け反(ぞ)った。

「ご名答です。でも、どうしてそのことを？」

「いえ、店に着いた時に、アイツが入っていく姿を見かけたんで。座敷にいないし、もしかして、と思って」

「仁川さんは、彼のことを知ってるんですか」

「ええ。アイツは俺の同級生なんですよ。といっても、向こうは二回留年してて、未だに大学四年のままですけど」

「……四宮大学の学生なんですか」

「そうなんです。パチンコや競馬にのめり込んで全然大学に来ないんで、工学部の中じゃ有名なんですよ」

「なるほど。見た目にたがわぬ堕落っぷり、ということですね」

「あの、七瀬さん」仁川が表情を曇らせた。「俺には事情は分からないですけど、余計な苦労を背負い込む必要はないんじゃないですか。オカルト問題のプロであっても、アイツを更生させるのは無理ですよ」

「私は怪奇現象研究家ではないです」舞衣は仁川の勘違いを訂正した。「ただ、相手が四宮大生となれば放ってはおけないです」

「なんでですか？」

舞衣は仁川に向かって、自らの覚悟を示すように決然と言い放った。

「学生のモラル向上は、庶務課の今年の目標ですから」

5

翌日。舞衣は朝から脅迫事件の対策に頭を悩ませ続けていた。

金巻敦が四宮大学に籍を置いていると判明したものの、それ自体が脅迫を止めさせる材料になるわけではない。それどころか、金巻を守らなければならないという枷が生じたのだから、むしろ事態は悪化したと言うべきだろう。

「むううう」と唸りながら考え続けたが、結局ろくなアイディアが浮かばないまま昼休みを迎えてしまった。

「ああ、もう！」とフラストレーションのままに呟き、舞衣は席を立った。

このまま悩み続けても、無駄に胃が痛くなるばかりで進展は望めない。考えるのは一時中断して、ひとまず空腹を満たすことにした。

庶務課の事務室がある事務棟を出て、食堂に向かう。

六月に入って気温はぐんぐん上昇していたが、まだ梅雨入りの気配はない。構内に植えられた木々は太陽の光を浴びて順調に枝葉を伸ばし、歩道の方まで進出してきている。構内美化も、庶務課の業務の一つである。そろそろ造園業者に連絡を取って、通行の邪魔になりそうな枝を切らねばならない。

そんなことを考えながらしばらく行くと、理学部の建物が並ぶ一角に出る。奥の方には理学部一号館も見えていたが、前回の冷たい対応のことを思うと、沖野に会いに行く気にはなれなかった。

舞衣は嘆息して、十字路を右に曲がった。もう、食堂は目と鼻の先だ。

ランチタイムのど真ん中だけあって、学生でごった返している様子がガラス戸越しに見て取れた。

入口からはみ出した列に並ぼうとした時、「あの」と横手から声が掛かった。何気なく視線を向けると、そこに野崎里緒菜の姿があった。

「あっ」と短く叫んで、舞衣は里緒菜を指差した。「あなたもウチの学生さんだったんですか！」

頷き、里緒菜は「昨日はすみませんでした」と頭を下げた。

「あの場では言わなかったのですが、七瀬さんが大学関係者であることには気づいていました。以前、食堂で何度か見かけたことがあったので……。だから、こうして待ち伏せしていたんです」

舞衣は慌てて左右を見回した。金巻の姿は見当たらない。

「安心してください。敦くんは大学には来ていません」

「私がマネージャーじゃないこと、彼に伝えていないんですか」

「はい。……少し、話をさせてもらえませんか。美間坂さんのことで」

「なんだか事情がありそうですね」

思わぬところからもたらされた変化の兆し。この機を逃す手はなかった。舞衣は食事をすっぱり諦め、里緒菜を連れて食堂を離れた。


相談といえばここ。舞衣はホームグラウンドである事務棟の小会議室にやってきた。

里緒菜が席に着くのを待って、「私は庶務課の人間なんです」と正直に自分の正体を明かした。

「……私は、文学部の四年生です」

里緒菜は学生証を差し出した。学生証に印刷された写真の中の彼女は、怯えた小動物のような目をしている。

「いくつか質問させてください。まず、金巻さんのことです。彼は本当にあなたの恋人なんですか」

「はい。私たち、塾講師のアルバイトで知り合ったんです。今から三年前……私はまだ一年生で、敦くんは三年生でした」

「こう言ってはなんですけど……どこがよかったんです？　あなたは真面目そうだし、全然釣り合ってないと思うんですけど。って、ごめんなさい、本気で失礼でしたね」

「いいんです」と、里緒菜は困ったように笑った。「周りの人がそう言っていることはよく分かっています。でも、以前の彼はあんなにやさぐれてはいませんでした。大学にもきちんと来ていましたし、単位だってちゃんと揃えていました」

「そういえば、留年したのは四年の時なんでしたっけ」

「はい。……いくつかの不幸な出来事が、敦くんを変えてしまったんです」

「何があったんですか」

「一つ目は、大学院入試でした。敦くんは、四宮大学の大学院に進むつもりでいました。七瀬さんは、院試の仕組みをご存じですか」

「いえ。試験監督はしますが、試験そのものの実施は庶務課の管轄ではないので」

「そうですか。大学院入試では、内部進学者と外部からの受験生を区別せずに試験が行われます。純粋に、点数だけで合否が判定されます」

「それはそうでしょうね。じゃないと、アンフェアですし」

「ただ、問題を作成するのは四宮大の教授です。問題には一定のパターンや癖が現れますから、定期試験で問題の傾向を摑んでいる内部進学者の方が有利なんだそうです。合格率で比較すると、内部が九五%、外部が六〇%程度と言われています」

そこで言葉を切って、里緒菜は長い髪を右手で梳いた。

「だから……内部進学者で不合格になると、ものすごく目立ちます」

「もしかして、金巻さんは」

「落ちました。しかも、彼以外の同級生は全員合格しました」

「うわあ……」と舞衣は言葉にならない声を漏らした。受かった方も落ちた方も相当気まずかったに違いない。

「でも、誰にでも好不調の波はあります。彼の場合、最低のコンディションの日が、たまたま院試に当たってしまっただけなんです。実力はあるのに、それが出せなかったんです。……私はそんな風に、彼を慰めました」

「でも、グレちゃった？」

「いえ、落ち込んではいましたが、まだやる気は失っていませんでした。また来年受けると意気込んでいましたから。ただ、そのあとに、また問題が起きたんです」

「今度は運転免許試験にでも落ちましたか」

「試験ではありません。彼の母親が再婚したんです」

いきなりの方向転換に舞衣は「はい？」と訊き返した。

「再婚というと……」

「幼い頃に両親が離婚したため、敦くんは母子家庭で育ちました。兄弟はいません。二人だけでずっと暮らしてきたんです。そこにいきなり、見知らぬ男性が現れた。たぶん、院試よりもこちらの方がショックだったんだと思います。それから、彼は変わり始めました。大学を休みがちになり、卒業研究も放り出してしまいました」

あとは坂を転がるように堕ちていきました、と里緒菜は囁くように言った。

「……でも、あなたは彼と交際を続けていた」

「はい。なんとかしたいと思っていましたが、彼を止めることはできませんでした。あまつさえ、美間坂さんを陥れるようなことを……」

「なんであんなことをしたんですか」

「借金があるんです。気分転換のつもりでやっていたギャンブルが、現実逃避になってしまったみたいで……。私もアルバイト代を渡していますが、消費者金融で借りているので、利子を返すだけで手一杯なんです。だから、手っ取り早くお金を稼ごうとしたんだと思います」

舞衣はため息をついた。世の中には、ダメな男に尽くす不思議な女性が少なからず存在しているが、今の里緒菜がまさにそれに当てはまるだろう。精神的に病んでいるのはむしろ里緒菜の方なのかもしれない。

「野崎さん。あなたは現状を変えたいと思っていますか」

「……はい。今のままではいけないと感じています」

「となると、これは私の仕事ですね」

舞衣は強く頷いた。

「私はメンタルヘルスケアの担当者なんです。あなたの悩み、きっと解決してみせます。だから、協力してもらえませんか」

里緒菜は不安げに胸に手を当てた。

「脅迫が捏造(ねつぞう)であることを証言すればいいんでしょうか」

「いえ、それは最後の手段です。こちらとしては、脅迫そのものを公にしたくないんです。言葉は悪いですけど、表沙汰(おもてざた)になる前に決着をつけるしかありません」

「……分かりました。じゃあ、彼を説得してみます」

「そうしてもらえるとありがたいですけど……大丈夫ですか?」

「いえ、やらせてください。私も共犯なんです。責任を取ります」

「分かりました。もし何かあったら、私に連絡をください」

互いの携帯電話の番号を交換し、舞衣は期待を込めて、小会議室を出て行く里緒菜を見送った。


夜。舞衣の元に剣也からの着信があった。

電話に出るなり、「やばいよ舞衣ちゃん!」と剣也が叫んだ。

「いつまで待たせるんだって、催促の電話がかかってきたよ。早くしないと、例の動画をネットにアップするって……」

「金巻って人から?」

「そう。なんだかすごく怒ってた。余計なことを吹きこみやがってとか、そんなことを言ってたけど……心当たりある?」

「ごめん、ある。ちょっと確認してみる」

舞衣は剣也との通話をいったん終わらせ、里緒菜に電話をかけた。

「あ……七瀬さん」

聞こえてきた里緒菜の声は明らかに沈んでいた。

「さっき、剣也くんのところに金巻さんから電話があったみたいなんだけど」

「……すみません。説得しようとしたら、逆に怒らせてしまって。お前はどっちの味方なんだ、って怒鳴られてしまいました。やっぱり、私の力では無理みたいです」

「そっか……」

「どうしましょうか、七瀬さん」

「ううう」

舞衣はがしがしと頭を掻きむしったが、妙案が浮かんでくる気配はまるでない。結局、「また連絡するよ」とだけ伝え、舞衣は電話を切った。

携帯電話を床に転がし、舞衣はベッドにうつぶせになった。

張り切って解決に挑んでみたものの、結果は自分が関わる前と変わっていない。それどころか、むしろ悪化している気配すらある。モラルハザードの問題も、メンタルヘルスケアの問題も、どっちも全く解消されていない。完全な力不足だった。

舞衣はぎゅっと布団を抱き締め、四宮大学の職員になって以降、自分が担当してきた事件のことを思い出していた。

埋蔵金事件、ホメオパシー詐欺（さぎ）、人体発火現象、同棲（どうせい）相談……どれもみな、沖野の協力がなければ解決できなかっただろう。

自分は調子に乗っていたのかもしれない。一人では何もできないくせに、好奇心の赴（おもむ）くままに物事に首を突っ込んで、ただ右往左往していただけだった。

困り果てては沖野の元を訪れ、強引に事件に巻き込み、問題解決を丸投げする。改めて振り返ってみると、ひどいことをしてきたものだと情けなくなった。

舞衣は目尻（めじり）に浮かんだ涙を枕にこすり付けた。もう、自分にはどうしようもない。剣也のプロダクションにすべてを伝え、向こうに全部任せるしかない。

舞衣はそんな風に自己嫌悪に陥りながら、ぐすぐすと洟（はな）をすすり続けた。

と、ふいに玄関のチャイムが鳴り響いた。

慌てて顔を上げると、枕に染みができていた。ベッドサイドの時計は一時間進んでいる。どうやらいつの間にか眠っていたらしい。

舞衣はスウェットの袖（そで）で涙の痕（あと）を拭い、玄関に向かった。

再び鳴らされるチャイム。「はいはい、いま出ますってば」とドアを開け、舞衣はドアノブを摑んだまま固まった。

「夜分遅くに悪いな」

目の前に、沖野が立っていた。

自分は幻を見ているのではないか——舞衣は信じられない思いで、沖野をまじまじと観察した。

「そんなにじろじろ見ないでくれないか。不審者じゃないんだ」

「ど……どうして沖野先生がここに」

「猫柳のオッサンから、俺のところに電話がかかってきた。『七瀬くんが困っているから、力を貸してやってください』ってな。断ったらどんな情報を漏洩されるか分からないから、仕方なく引き受けたんだが、君の携帯に電話をしても反応がない。だから、こうして直接様子を見に来たんだ。万が一のことがあったら寝覚めが悪いからな」

「どういう風の吹き回しですか。『俺には解決できない』って言ってたのに」

「万物は流転する、という言葉がある。俺は、この『万物』には、形のある物質だけではなく、思考や情報も含まれると考えている」

「……いつから哲学者に鞍替えしたんですか？　全く意味が分かりません」

「端的に言えば、時間が経過した結果、考え方に変化が現れた、ってことだ」

「まだ回りくどいですけど、つまり、解決法を思いついたということですね」

「それはさすがに先走りすぎだな」と沖野は首を振る。「やり方によっては解決できなくもない、というのが今の俺のスタンスだ。あれから少しは進展があったんだろう。改めて状況を説明してくれ。対処法はそれから考える」

「分かりました。じゃあ、どこか落ち着いて話せる場所に行きましょう。着替えるので少し待っててください」

「君の部屋ではダメなのか？」

沖野が体をずらして室内を覗き込もうとしたので、舞衣は「ダメです」と沖野の両肩を押し返した。

「手土産もなしにレディの部屋に上がりこもうなんてずうずうしいですよ」

「レディ、ねえ」と沖野は首をかしげる。

「何か異論でも？」

「いや、別に」沖野は視線を逸らした。「ここが無理なら、君の友人の部屋はどうだ。彼を交えて話した方が何かと効率がいいだろう」

「それはもっとダメです！　いいから待っててください！」

ぴしゃりと言って、舞衣は沖野の鼻先でドアを閉めた。

舞衣は沖野を連れて自宅近くの喫茶店にやってきた。ひと気のない奥の席に着き、これまでの経緯を詳細に説明する。

「――という状況なんですが」

沖野は呆れ顔で肩をすくめた。

「つまり、その金巻という学生は、拗ねているわけだ。学問で挫折し、親から突き放され、すっかりやる気をなくし、自堕落な生活に走った。情状酌量の余地なしだな」

「相手にするのも馬鹿らしいですか」

「イエスと言いたいところだが、俺はモラル向上委員という、ありがたい肩書きを頂戴しているからな。完全に道を踏み外す前に首根っこを捕まえてやるのも、委員の仕事の一つだろう。早急に対処が必要だな」

「何かいい手段はありますか」

「今の話を聞いて方針が決まった。多少荒っぽくなるが、致し方ない」

「まさか、暴力に訴えるんじゃ……」

「人聞きの悪いことを。我々は知性ある常識人だ。頭を使って反省を促すに決まっているだろう。そのためには、君以外のメンバーにも協力してもらう必要がある」

「望むところです。なんでもやりますよ」

沖野は腕組みをして、「ふむ」と呟いた。「とりあえず、相手をおとなしくさせるのが先だな。君にはもう少しマネージャーのふりをしていてもらう」

「了解しました」

「作戦を始める前に、いくつか確認したいことがある。金巻は、野崎くんと一緒に住んでいるのか」

「いえ、しょっちゅう彼女の部屋に入り浸っているらしいですけど、同棲はしてないそうです」

「そうか。むしろそちらの方が都合がいいな。『マスター』は彼女の自宅で採取するとして……加工を担当する人間がいるな。工学部の誰かに訊いてみるか」

「何の話か全然分かりませんけど、工学部に知り合いはいますよ」

「そうか。なら、あとで連絡先を教えてくれ。交渉はこちらでやる」沖野は思案顔で顎を撫でた。「あとは『事件』だけだな。これに関しても、君に一肌脱いでもらおうか」

「一肌って……。ヌードモデルならやりませんよ」

「なんでもやるって言っただろう」

「そんなこと言ってません！」舞衣は素知らぬ顔で首を振った。「何時何分何曜日、地球が何回回った時に言ったんですか。証拠を出してください、証拠を」

「いい年して小学生みたいなことを……」

呆れ顔で呟き、沖野は「いや、そうか」と頷いた。「証拠か。うん、そのアイディアは採用しよう」

「もう。また意味不明なこと言って……。で、私は何をすればいいんですか」

「かなりリスキーなことをやってもらう」

「うわ、嫌な前振りですね」と舞衣は眉根を寄せた。「不安になるんで、言うんならさっさと言ってください」

「なら端的に言おう。――泥棒をやってくれ」

6

金巻敦はパチンコ店を出るなり、近くにあった看板を思いっきり蹴飛ばした。今日は全くダメだ。たった三十分で一万円が銀色の玉になって消えていった。ツキのツの字もない。

根本が黒くなり始めた髪を撫でて、金巻はタバコに火をつけた。そばを通りかかった老婆が煙をまともに浴び、顔をしかめる。金巻が「んだコラ」とガンを飛ばすと、老婆は視線を落とし、足早にその場を離れていった。

金巻は無意味に舌打ちをして、行きつけのパチンコ店の前を離れた。夕暮れの街は昆虫をおびき寄せる花のように、鮮やかにまたたき始めていた。

果たして、遊ぶだけの金は残っていただろうか。ジーンズの尻ポケットに手を突っ込み、ベルトとチェーンで繋がった長財布を取り出す。

確認してみると、財布の中には千円札が二枚入っているだけだった。今日あたり、里緒菜に言って金を補充しなければならない。借金の返済がまた遅れるが、パチンコに行くにも飲みに行くにも金がいるのだから仕方ない。

財布をポケットにねじ込み、金巻は携帯電話を手に取った。俺にはこれがある。一発逆転の金づる。美間坂剣也の弱みを握っているという事実。相手は人気上昇中のアイドルだ。借金を返してなお豪遊するだけの「誠意」を引き出せるはずだ。

さっさと金を払うようにせっつくか、と剣也の電話番号を呼びだそうとしたタイミングで、携帯電話が鳴り始めた。

金巻はくわえていたタバコを路上に捨てて、電話に出た。

「――もしもし。七瀬ですが」

「七瀬……？　誰だあんた」

「美間坂の件で、先日お会いした者です」

「ああ、アイツのマネージャーか」

「そのようなものです。折り入ってお話がありますので、もう一度お会いできませんでしょうか」

「ただ会うだけじゃあねえよな」

「ええ。期待に添えると思います。待ち合わせは、前回と同じ居酒屋でよろしいでしょうか」

「ああ、構わねえぜ。じゃあ、先に行って個室で待ってるからな。早く来てくれよ」

金巻は通話を終わらせ、にやりと笑った。

「さて、いくら出してくれるかな」


一時間後。金巻が五本目のタバコを灰にしたところで、七瀬舞衣が〈喜八〉に姿を見せた。

「お待たせしました」

「お、来たか。で、どういう対応になったんだ」

「はい。事の真相はともかく、これ以上事態を複雑にしたくはありません。これは迷惑料ということで」

そう言って、舞衣は白い封筒を差し出した。

「へへ、話が分かるじゃないか」

金巻が手を伸ばすと、舞衣はすっと封筒を引っ込めた。

「お渡しする前に、動画を消してもらえませんか」

「ああ、そうだな。じゃあ、持って行けよ」

金巻はデジタルカメラから引き抜いたSDカードを舞衣に渡した。

「ありがとうございます。コピーはありませんね？」

「ねえよ、そんなもん」

もちろん嘘である。自宅のパソコンには動画ファイルがきちんと保存されている。そう簡単に脅迫のネタを放棄するつもりはない。

舞衣は満足そうにSDカードをしまうと、「一筆書いていただけませんか」とテーブルに薄い用紙を広げた。

「なるほど。今後はおとなしくしてろ、ってことか」

金巻はあえてその提案に賛同した。書面の一つや二つ、その気になればいくらでも反故にできる。何といっても、こちらには決定的な動画があるのだ。

「お願いできますか」

「いいだろう。ただし、先にその封筒の中身を見せてくれ」

舞衣は頷き、テーブルに封筒を置いた。

金巻は冷静な表情を装いつつ、胸を高鳴らせながら封筒の中身を取り出した。数えてみると、封筒には十万円入っていた。思ったより少ない。拍子抜けしたが、逆に言えば、「これじゃあ足りない」と難癖を付ける余地が残ったことになる。この場はこの程度で収めておいた方がよさそうだ。

「……いかがですか。これが私どもの誠意ですが」

「ま、ありがたく受け取っておくとするかな」

「では、サインと捺印をお願いします」

「印鑑なんて持ってねえよ」

「拇印で結構ですよ。朱肉はあります」

「お、そうか。じゃあちょっと借りるぜ」

金巻は人差し指を朱肉に押し付け、ぐっと契約書に押し付けた。

「どうもありがとうございました。では、私はこれで」

舞衣はそそくさと契約書をしまうと、振り返りもせずに個室を出て行った。

金巻はテーブルに備え付けのナプキンで指を拭い、祝勝会を始めるために里緒菜に電話をかけた。しかし、しばらく携帯電話を耳に当てていたが、いつまで経っても繋がらない。外出でもしているのだろうか。

「……まあいいか」

祝勝会はまた今度にして、今日は一人で豪遊することにしよう。金巻は祝杯を上げるために店員を呼んだ。

そろそろ日付が変わろうという頃、ほどよく酔っ払って金巻は〈喜八〉をあとにした。

ふらふらと千鳥足で自宅に向かって歩いていると、携帯電話が鳴り出した。里緒菜からの電話だった。

「おう、俺だ」

「……敦くん」里緒菜はかすれ声で金巻の名を呼んだ。「助けて……」

一気に目が覚めた。「どうした！」と金巻は携帯電話を耳に強く押し当てた。

「……動けないの」

「どこにいるんだ。自分の家か」

「ううん。……大学」

「大学って、なんでこんな時間に」

「知らない人から呼び出されて……待ってたら、後ろからいきなり襲い掛かられたの。なんとか逃げたけど、足をくじいて……」

「分かった。すぐに行くから待ってろ！」と叫んで、金巻は走り出した。

〈喜八〉から大学までは徒歩数分の距離だ。本気で駆ければ二分もかからない。普段の不摂生がたたり、すぐに息が切れてしまったが、それでも金巻は走り続けた。

大通りから正門に続く路地に入る。右手にはキャンパスの内外を分ける、高さ二メートルほどの鉄柵が、左手には市の運動公園の周囲をめぐる街路樹がずらりと並んでいる。

いよいよ吐き気がこみ上げてきた時、四宮大学の正門が見えてきた。普段は開きっぱなしになっているが、今は二枚の鉄扉(てっぴ)の片方が閉じられている。

そうだ、と金巻は喘(あえ)ぎながら思い出した。正門は午前〇時で閉ざされ、それ以降は裏門から出入りをする決まりになっているのだ。

「待ってくれ!」

金巻は叫んだ。裏門はキャンパスの反対側だ。回り込んでいる時間はない。

「おりょ、兄ちゃんどうしたね、こんな時間に。忘れもんか」

のんびりした調子で、もう片方の門も閉じようとしていた警備員が振り返る。金巻は「どけっ」と警備員を押しのけて、閉じかけた門の隙間(すきま)から強引に構内に突入した。

ひと気のない広場を走り抜け、整備が行き届いた花壇が左右に並ぶ通りを過ぎると、キャンパスの中央に位置する講堂が見えてくる。

「あれは……」

そこで金巻は足を止めた。講堂前の時計台の下に、里緒菜が座り込んでいる。

金巻はなんとか呼吸を整え、ゆっくりと里緒菜に近づいていった。

「……敦くん。来てくれたんだ」

「当たり前だろ。怪我(けが)の具合はどうなんだ」

「とりあえずここまで来たけど、足が……」

「そうか」金巻は里緒菜に背中を向け、腰をかがめた。「おぶされよ」

「敦くん、息が切れてるじゃない。少し、休んでいこうよ」

「そんなことねえよ……」

そう強がったところで、胃の奥から激しくこみ上げてくるものがあった。金巻は近くの植え込みに駆け寄り、飲み食いしたものをあらかた吐いた。

「大丈夫、敦くん」

「久々に走ったからな……」口の端についた唾液を拭って、金巻はアスファルトに腰を下ろした。「……確かに、休憩した方がよさそうだ」

「そうだよ」と真顔で頷き、里緒菜は金巻の隣に座った。

「あ、そうだ。お前、俺が八時前に電話した時、なんで出なかったんだよ」

「ごめんなさい。バイト中だったから」

「今日は休みの日じゃなかったか？」

「急に人手が足りなくなったんだって」と里緒菜は顔を伏せた。

「そっか。ファミレスの店員も大変だな。……んで、誰に襲われたんだよ」

「分からない。襟首を後ろから引っ張られて……。無我夢中でそこから逃げ出したから、顔は見えなかったの」

「……気をつけろよ。お前にもしものことがあったら、俺……」

「うん」里緒菜は金巻の肩にもたれかかった。「今度は一人で来ない」

「つーか、そんな怪しい呼び出しは無視すりゃいいんだよ」

「そうだね……」

里緒菜は膝を抱え、街の光を受けて白く滲む夜空を見上げた。

「ねえ、敦くん」

「なんだよ」と、釣られて金巻も空を見た。雲が切れ、作り物のように眩しい月が姿を見せるところだった。

「……ごめんね」

「なに謝ってんだよ。別に悪いことはしてないだろ」

「……うん」里緒菜は目を閉じ、夜の闇に溶け込むような声で、そっと囁いた。「変われるよね、私たち」

「ん？　なにか言ったか、里緒菜」

「なんでもない」と首を振り、里緒菜は金巻の腕に自分の腕を絡ませた。

それから一週間後の朝。いつも通りに惰眠を貪っていた金巻は、しつこく鳴り続ける携帯電話の呼び出し音で目を覚ました。

「……んだよ」と毒づき、相手の名前も確認せずに電話に出る。

「もしもし。こちら、金巻敦さんのお電話でよろしかったでしょうか」

聞こえてきたのは女性の声だった。どこかで聞き覚えがあるような気もしたが、寝起きの頭では思い出せなかった。

「ああ、そうだけど。どちらさん？」

「私、四宮大学の庶務課の者です。金巻さんにお話があります。今日の午後一時に、事務棟の方にいらしていただけませんでしょうか」

「話って、何の話だよ」

「来ていただければ分かります。では、失礼いたします」

そう言って、女は電話を切ってしまった。金巻は静かになった携帯電話を見つめながら首をかしげた。

「……ま、どうせ大した話じゃねえだろ」

まだ午前九時過ぎだ。金巻は深く考えるのを止め、二度寝のために再びベッドに横になった。


久しぶりに大学の食堂でランチをとり、金巻は口笛を吹きながら事務棟に向かった。今年で在籍六年目だが、庶務課に赴くのは初めての経験だった。

庶務課の事務室に顔を出すと、死体のように肌の白い、メガネを掛けた中年の男が金巻を出迎えた。男は猫柳と名乗り、慇懃に頭を下げた。

「お待ちしておりました。こちらへどうぞ」

猫柳に連れられ、事務室のすぐ脇にある小会議室に入ってみると、そこに見覚えのある女がいた。

金巻は「どういうことだよ」と眉間にしわを寄せた。「あんた、美間坂剣也のマネージャーだろ。なんでここにいるんだ」

「少し勘違いしているみたいですね。私は彼の個人的な知り合いでしかありません」と舞衣は首を振った。「お電話で話した通り、私は庶務課の人間です」

「朝の電話……あんただったのか」

金巻は警戒心を滲ませた視線を舞衣に据えたまま、慎重に席に着いた。

猫柳は舞衣の隣の席に座り、「さて」と切り出した。

「先日、庶務課は事務所荒らしに遭いました。鍵を締め忘れていた窓から、何者かが事務室に侵入しました」

「はあ?」と金巻は猫柳を睨んだ。「いきなり何の話だよ」

「庶務課には小さな金庫があります」猫柳は金巻の言葉を無視して続ける。「といっても、現金のたぐいは入っていません。保管が義務付けられているいくつかの書類をしまってあるだけです。……その金庫に、こじ開けようとした形跡が残っていました。侵入者の仕業だと考えています」

「はっ、ずいぶん間抜けな盗人（ぬすっと）だな。被害はそれだけかよ」

「いえ、彼女のロッカーが荒らされていました」と、猫柳は舞衣に視線を向けた。

「構内の清掃作業時に着るジャージと、運動靴が盗まれました」と舞衣は辛そうに証言した。「自分の持ち物が弄ばれているかと思うと……正直、気味が悪いです」

「はは、変態野郎に狙われたわけだ」

「我々は事態を重く見ました。しかし、ことを荒立てるのは得策ではありません。そこで、民間の調査機関に現場検証をお願いしました。その結果、明瞭な指紋が金庫とロッカーから見つかっています」

猫柳が差し出した書類には、いくつかの指紋が印刷されていた。現場に残されていたものだろう。

「ところで——盗難があったのは一週間前の夜なのですが、その日、金巻さんはかなり遅い時間に大学を訪れていますね。警備員の方からも証言が得られています」

「あ、ああ。ちょっと野暮（やぼ）用で」

「大学に来たこと自体は認めるんですね」

持って回った猫柳の口調に、金巻は不吉な予感を覚えた。

「……何が言いたいんだ」

「この書類に見覚えはありますか」猫柳が別の用紙を取り出した。それは、舞衣から十万円を受け取った際に署名、捺印した誓約書のコピーだった。「あなたの名前が書いてあります」

「……確かに、それは俺の字だけど」

「そうですか」猫柳はそこでため息をついた。「残念です」

「何が残念なんだよ」

「犯人が残していった指紋と、あなたが書類に捺した拇印が一致しています」

「そんな馬鹿なっ！　俺じゃない！」

「しかし、証拠は明らかにあなたが犯人であることを指し示しています。警察沙汰にするつもりはありませんが、何らかの処分は覚悟していただかねばなりません」

「猫柳課長」そこで舞衣がストップを掛けるように手を上げた。「元はといえば、私が窓の鍵を掛け忘れたのがいけなかったんです。寛大な対応をお願いできませんか」

「いいんですか。被害に遭ったのは七瀬くん、君なんですよ」

「だからこそ、なんとでもなるじゃないですか」舞衣は懇願するように猫柳の肘(ひじ)を摑んだ。「ここは私に任せてもらえませんか」

猫柳はしばらく迷っていたが、やがて「分かりました」と頷いた。

「今回の一件は、君の裁量で処理して結構です」

そう言い残し、猫柳は小会議室を出て行った。

舞衣は小さく息をつき、「これで、ゆっくりお話ができますね」と微笑(ほほえ)んだ。

「……あんた、なんかやっただろ」

金巻はありったけの敵意を込めた視線を舞衣に向けた。

「いえ。私は特には何もしていませんが」

「っざけんなよ!」

金巻は座ったまま、思いっきりテーブルを蹴り上げた。

「……分かったぞ。あの夜、里緒菜を襲ったのもあんただったんだろ。あれは、俺を大学におびき寄せるためだったんだ」

「何をおっしゃっているのか、全然分かりません」

「とぼけんな! 俺が美間坂を脅したから、卑怯なやり方で反撃に出たんだろうが!」

「脅した……と言いますと?」

「馬鹿にしてんのか。美間坂が里緒菜を襲ったように見せかけたアレだよ!」

「見せかけた……? では、あれは嘘だったんですか」

「嘘だからなんだってんだよ。あの動画をマスコミに持ち込めば、美間坂は破滅するんだぜ。余裕ぶっこいてないで、あと二百万持って来いやボケ」

「偽の証拠で美間坂さんを脅迫した事実を認めるわけですね」

「ああ、でっち上げだよあんなもん。美間坂の野郎、顔も隠さずにレッスンスタジオに定期的に通ってたからな。ハメるのは簡単だったぜ」

「そうですか」

舞衣はすっと立ち上がり、部屋の隅の電話台に近づくと、電話機の陰からライターとほぼ同じ大きさの銀色の物体を取り上げた。

「これまでの会話はすべて録音させていただきました」

「……なんだと」

「これで、あの動画の嘘を証明できます。どうぞ、どこにでも持ち込んでください。困ったことになるのはあなたの方です」

金巻はようやく自分が罠に掛けられたことに気づいた。「てめえ」と舞衣を睨みつけながら立ち上がり、じわりと距離を詰めた。

「それを渡せ」

「嫌だと言ったら……」舞衣は金巻を睨み返した。「どうするおつもりですか」

「無理やりぶっ壊してやるよ！」

金巻はボイスレコーダーを奪おうと、舞衣をめがけて駆け出した。

その刹那、小会議室の扉が開き、妙に背の高い男が姿を見せた。

「――そこまでにしておくんだな」

「誰だあんたは」

「沖野春彦。理学部で准教授をやっている者だ」

「理学部？　俺は工学部だ。あんたには関係ないだろ」

「俺も、お前みたいな不良学生を相手にする趣味はない。だが、不幸なことに俺はモラル向上委員に任命されている。仕事で仕方なく来ただけだ。いいから座れ」

沖野は金巻の腕を摑み、強引に椅子に座らせた。

「事情は大体聞いている。借金があるらしいな」

「……だからなんだってんだよ」

「あるのかないのか聞いているんだ」

「あるって言ってんだろ」

沖野の鋭い視線を避けるように、金巻は目を逸らした。

「いくらだ」

「……百五十万」

「なんだ、その程度か」沖野は軽く頷くと、手にしていた封筒から無造作に札束を取り出した。「ここに二百万ある。言っておくが、別に汚い金じゃない。俺の貯金だ。お前に貸してやる。これで借金を返せ」

金巻は目の前にいきなり現れた万札の束を凝視しながら、「どういうつもりだ」と訊いた。

「どうもこうもない。やり直すチャンスをやる、と言っているんだ。今からならまだ間に合う。所属している研究室に頭を下げて、卒業研究を終わらせろ。まだその気があるなら院試も受けろ。プロセスはどうでもいい。とにかく卒業して、真っ当な仕事に就け。金を返すのはそれからでいい」

「……あんたに指図される謂れはない」

「脅迫の方がいいか？　今度は庶務課の事務室じゃなく、殺人現場でお前の指紋が見つかることになるかもしれない。それが嫌なら言うことを聞け」

「……逃げ道はないってことかよ」

金巻は沖野を見上げて歯ぎしりをした。

「沖野先生。それじゃあ逆効果ですよ」と、舞衣が二人の間に割って入った。

「金巻さん。あなたと話をしたいと言っている人がいます」

金巻は差し出された携帯電話を受け取った。

「――敦くん」聞こえてきたのは、切実な響きを帯びた里緒菜の声だった。「ごめんね、驚いたでしょ」

「お前……こいつらと通じてたのか」

「うん。襲われたって電話も……嘘だったの」

「……なんでなんだよ。なんで俺に黙って……」

「騙したことは悪かったと思ってる。でも、こうでもしないと、抜け出せないと思ったから。私たち、ずいぶん前から間違った道に入り込んじゃってたんだよ。……やり直そうよ」

「里緒菜……」

「もしできないって言うのなら……別れるしかないと思う」

「それは困る！」金巻は携帯電話にかじりつくように叫んだ。「俺はお前がいなきゃダメなんだ。だから、別れるなんて言わないでくれ……なんでもするから」

と、そこで誰かが金巻の肩を叩いた。

振り返ると、舞衣が手にしたボイスレコーダーを左右に振っていた。

「なんでもするって言いましたね。確かに録音しましたよ」

舞衣はにっこり笑って、沖野が持っていた札束を手に取った。

「さ、この二百万を受け取ってください」

7

その日の夜。舞衣は事件の解決を知らせるために、剣也の自宅を訪れていた。

「――というわけで、脅迫は完全に無効化できたから。もう安心していいよ」

「ありがとう！」剣也は目を潤ませながら舞衣の手を取った。「すごいよ舞衣ちゃん」

「私の力じゃないよ。前に言ったでしょ。化学に詳しい知り合いがいるって。その人に手伝ってもらったんだ」

「ふーん」剣也は首をかしげ、自分の指先を見つめた。「でも、どうして金巻くんの指紋が舞衣ちゃんの職場から見つかったの？　彼は泥棒じゃないんでしょ」

「そう。あれは自作自演。指紋スタンプを使って証拠を偽造したの」

「指紋スタンプ？　そんなの、どうやって作ったの」

「まずはマスターとなる指紋が必要なんだけどね。今回は里緒菜さんに協力してもらって、彼女の自宅から金巻さんの指紋を採取したの。ガラステーブルに残った彼の指紋を、ニンヒドリンとかいう試薬で浮かび上がらせて、デジカメで撮影して、画像データに変換して……」

その試薬を準備したのはもちろん沖野である。ニンヒドリンは、付着した指紋に含まれるアミノ酸に反応して青紫色に変色する物質であり、化学系の研究室に常備されている、ごくごく一般的な分析用試薬らしい。

「で、画像データを使って、金属の板にレーザー加工を施す。見たことあるでしょ、細かい模様が入ったベルトのバックルとか、金属のアクセサリーとか。あれと同じ。レーザーで金属を彫って、望み通りの形に溝を作るの」

レーザー加工は工学部の分野である。工学部に在籍する仁川に話を聞いたところ、彼の研究室でその装置を持っているというので、頼んで金型を作ってもらった。

「あとは、その金型にシリコンゴムを流し込むだけ。そうやって作った指紋スタンプを使って、金庫やロッカーに金巻さんの指紋を残したってわけ」

舞衣の説明を聞いて、剣也はこわばった表情で自分の肩を抱いた。

「そんなに簡単に作れるの？　悪用されたらとんでもないことになるじゃない」

「そうでもないらしいよ。Ｍｒ．キュリーが言うには、海外では指紋スタンプによる冤罪なんかが起きてるみたいでね。それを見抜く技術もちゃんとあるみたい。指は三次元でスタンプは二次元だから、指紋が均一になりすぎるんだって。今回依頼した民間の調査会社は、そこまでの技術は持ってなかったけどね」

「民間の調査会社？」

「私も初めて知ったんだけど、そういうのがあるんだよ。警察沙汰にしたくない、身内の犯行が疑われる時に頼むんだって」

「ふうん。それにしても、現代の科学技術は恐ろしいね」

「そうだよ。だから剣也くんも気をつけないとダメだよ」と言って、舞衣は剣也の額をつついた。「じゃ、事件解決のお祝いに、ぱーっと打ち上げといきますか」

「いいね、それ！　ここでやるんだよね？」

「そうだね。外で飲み会してたら目立つし。お酒のストックはある？」

「ごめん、ほとんどないや」剣也は財布を掴んで立ち上がった。「そこの〈セブンスヘブン〉で買ってくるよ。おつまみも一緒に」

「じゃあ、私も行くよ。剣也くん、結構味覚が偏ってるから。放っておくと食べるものがなくなっちゃう」

「えー。そんなことないよ」

「忘れたの？　前にここで飲んだ時、タコわさの瓶詰めを袋いっぱいに買ってきたでしょ。あんな悲劇はもう二度と繰り返したくないわけ」

「美味しいじゃん、タコわさ」

「バランスが大切なの。さ、行きましょ行きましょ。あ、ちゃんと帽子かぶってね」

「はーい」


マンションを出て、剣也と近所の〈セブンスヘブン〉に向かう。

店に入ろうとして、舞衣は思わず足を止めた。その場でくるりと反転し、舞衣は剣也の視界を遮るように立ちふさがった。

「どうしたの、舞衣ちゃん」

「ここはやめて他のコンビニに行こう。ちょっと会いたくない人が」

「……おっと、奇遇だな」

——遅かった。

舞衣は夜空を仰いでから、ゆっくりと振り返った。

店内の照明を浴びて立つ、背の高いシルエット。Ｍｒ．キュリーこと沖野春彦は、数個のカレーパンが詰まったビニール袋を提げていた。

「そこにいるのは……ああ、君の友人か」と沖野が舞衣の背後を覗き込む。

「誰、この人……」

剣也が舞衣の服の裾を摑んだ。声がわずかに震えていた。やっぱりこうなるか。だから会わせたくなかったのだ。

舞衣は嘆息して一歩下がり、「紹介するよ」と手のひらを沖野に向けた。

「四宮大学で教鞭を執っている、沖野春彦先生。今回の脅迫事件の解決に協力してくれた人」

「あなたが……Ｍｒ．キュリー」剣也はよろよろと沖野に近づくと、沖野の両手をぎゅっと握り締めた。「カッコいい……」

「これはどうも。お褒めに与り光栄です——と言いたいところだが、どう見ても君の方が男前だと思うが」

「……沖野先生は、運命を信じますか」

「急にどうしたのかな」と沖野は眉根を寄せた。

「僕は信じます。沖野先生が舞衣ちゃんと知り合いで、僕を助けてくれて、今日、こうして出会うことができた。運命としか言いようがないと思うんです」

剣也は熱に浮かされたような口調で喋っていた。

沖野は救いを求めるように舞衣に視線を向けた。

「彼の言葉が理解できないんだが……君は恋人だろう。通訳してくれ」

「大きな勘違いをしていますよ、沖野先生」

舞衣は首を振った。

「彼は生粋（きっすい）のゲイで、男性しか愛することができません。高校時代からそうでした。なので、私が彼とお付き合いする可能性はありません。ただの親友です」

「そうなんです、沖野先生……ううん、春ちゃん」

「ま、待て。妙なアダ名で呼ばないでくれ」

剣也は沖野の手を握ったまま離れようとしない。その潤んだ瞳（ひとみ）は、さっきからずっと沖野の顔にロックオンされている。

店の前で繰り広げられる奇妙な光景に、店員や客が好奇の視線を向けていた。美間坂剣也だと気づかれると厄介（やっかい）だ。さっさとこの場を離れなければならない。

舞衣は沖野の背中をぽんと叩いた。

「イチャイチャするならよそでやってくださいよ、春ちゃん先生」

「誰が春ちゃん先生だ。早く彼をなんとかしてくれ」

「ここは目立ち過ぎます。剣也くんのマンションで話し合いましょう」舞衣は笑顔を浮かべて、親指を力いっぱい立ててみせた。「じっくり親睦を深めてください。頃合いを見て、私は引き上げます」

「おい……親睦を深めるって……」

沖野は絶句した。

「先にマンションに帰ってて。私、買い出しをして行くから」

うん、と剣也は頷き、沖野の腕をぐいぐいと引っ張って行った。ああ見えて、剣也は結構力が強い。なにやら叫び声が聞こえた気もするが、たぶん空耳だ。

遠ざかる沖野の背中を見つめながら、舞衣はふと思った。

今回の事件、沖野は当初、かなり非協力的な態度を取っていたが、あれはもしかすると、自分と剣也の関係を誤解していたからではないだろうか。

「ということは……嫉妬？」

舞衣はふふっと笑い、小さく首を振った。

「まさか、だよね」

本作品は書き下ろしです。
またこの物語はフィクションです。実在する人物、団体等とは一切関係ありません。

中公文庫

化学探偵Mr.キュリー

2013年7月25日　初版発行
2020年12月25日　21刷発行

著　者　喜多 喜久

発行者　松田 陽三

発行所　中央公論新社
〒100-8152　東京都千代田区大手町1-7-1
電話　販売 03-5299-1730　編集 03-5299-1890
URL http://www.chuko.co.jp/

DTP　平面惑星
印　刷　三晃印刷
製　本　小泉製本

Published by CHUOKORON-SHINSHA, INC.
Printed in Japan　ISBN978-4-12-205819-4 C1193

尊き死たちは気高く香る

死香探偵

DETECTIVE OF DEATH FRAGRANCE
YOSHIHISA KITA

喜多喜久

イラスト／ミキワカコ

さて、現場の謎を
嗅ぎ解こう
じゃないか！

STORY

特殊清掃員として働く桜庭潤平は、死者の放つ香りを他の匂いに変換する特殊体質になり困っていた。そんな時に出会ったのは、颯爽と白衣を翻し現場に現れたイケメン准教授・風間由人。分析フェチの彼に体質を見抜かれ、強引に助手にスカウトされた潤平は、未解決の殺人現場に連れ出されることになり!?　分析フェチのイケメン准教授 × 死の香りをかぎ分ける青年の、新たな化学ミステリ！

中公文庫

絶好調
大人気シリーズ
第二弾！
喜多喜久
Chemistry detective
Mr.Curie Yoshihisa Kita
化学探偵Mr.キュリー 2
ミスター
イラスト／ミキワカコ
アーモンドの臭いがしたから
青酸カリで殺された!?
その推理は、大間違いだ。
STORY
鉄をも溶かす《炎の魔法》、密室に現れる人魂、過酸化水素水を用いた爆破予告、青酸カリによる毒殺、そしてコンプライアンス違反を訴える大学での内部告発など、今日もMr. キュリーこと沖野春彦准教授を頼る事件が盛りだくさん。庶務課の七瀬舞衣に引っ張られ、嫌々解決に乗り出す沖野が化学的に導き出した結論とは……!?
中公文庫

大好評
大人気シリーズ
第三弾！
喜多喜久
イラスト／ミキワカコ
Chemistry detective
Mr. Curie Yoshihisa Kita
化学探偵
Mr.キュリー 3
ミスター
無色透明、無味無臭。だが、
死因が特定できない
《毒》がある。それは——？
STORY
体調不良を引き起こす呪いの藁人形、深夜の研究室に現れる不審なガスマスク男、食べた者が意識を失う魅惑の《毒》鍋。次々起こる事件を、Mr.キュリーこと沖野春彦と庶務課の七瀬舞衣が解き明かす——が、今回沖野の前に、かつて同じ研究室で学び、袂を分かった因縁のライバル・氷上が現れた。彼は舞衣に対し、沖野より早く事件を解決してやると宣言し!?
中公文庫

大好評
大人気シリーズ
第四弾！
喜多喜久
イラスト／ミキワカコ
Chemistry detective
Mr.Curie Yoshihisa Kita
化学探偵
Mr.キュリー 4
ミスター
今回の被害者は、
Mr.キュリー？
新たな「化学探偵」誕生か!?
STORY
大学で暗躍する『互助組合』の謎。反応を掻き混ぜる以外に使い道のない《スターラー盗難事件》。切断された銅像と雪の上の足跡。そして今回、Mr.キュリーこと沖野春彦がなんと被害者に!?　この事件の謎に立ち向かうのは、イケメン俳優にして「春ちゃんラブ」の美間坂剣也。沖野リスペクトによる化学的知識を駆使して新たな名探偵となれるのか!?
中公文庫

化学探偵Mr.(ミスター)キュリー5
Yoshihisa Kita
大好評
大人気シリーズ
第五弾！
喜多喜久
イラスト／ミキワカコ
ニトログリセリンって
甘いんですか!?
STORY
化学サークルによる「甘い物質」合成対決。サ行の発音がおかしくなった同級生の秘密。四宮大生を狙う奇妙な仮面の男の正体。協力して事件の解決に当たる沖野と舞衣は、ひょんなことから理学部の冷蔵室に閉じ込められてしまった。暗闇＆低温の極限状態から脱出する術はあるのか!?
中公文庫

喜多喜久
イラスト／ミキワカコ
大好評
大人気シリーズ
第六弾！
Chemistry detective
Mr.Curie
Kita
化学探偵
Mr.キュリー 6
ミスター
君は俺のことを
「天才科学者」
だと思うか？
STORY
四宮大学にアメリカから留学生が来ることになった。彼女は十六歳で大学に入った化学の天才・エリー。沖野の研究室で天然素材「トーリタキセルA」の全合成に挑むことになるが、天才コンビ沖野＆エリーにしても最終段階で合成に失敗してしまう。原因を調べていくと、大学内でのきな臭い事情が絡んでいることが見えてきて？　シリーズ初の長編登場。
中公文庫

桐島教授の研究報告書

喜多喜久

Professor Kirishima's Research Report
Yoshihisa Kita

テロメアと吸血鬼の謎

先生は今、ただの
可愛い女の子なんですよ!
犯人は、ちゃんと話を聞いてくれるんですか!?

STORY

拓也が大学で出会った美少女は、日本人女性初のノーベル賞受賞者・桐島教授。彼女は未知のウイルスに感染し、若返り病を発症したという。一方、大学では吸血鬼の噂が広まると同時に拓也の友人が意識不明に。完全免疫を持つと診断された拓也は、まず桐島と吸血鬼の謎を追うことになり!? 〈解説〉佐藤健太郎

イラスト／もか

中公文庫